記憶の残照のなかで―アルバム―

2	1
3	
6 5	4

1 父と　2 智異山を背にして母と夫　3 夫の出版記念会会場にて
4 娘のステージ　5 学生時代の息子たち　6 二人の孫娘たち

1 「鳳仙花」発刊15周年の記念の集い・澤地久枝先生を囲んで記念写真 2 作家の金真須美さんと 3 「魂を揺さぶる声…新内・琵琶・パンソリ」公演を終えて出演者たちと 4 金重泰子さんの上京を歓迎する「東京みさを会」の同期メンバー（前列左から金重さん、冨木さん、伊達さん。後列左から私・蒔田さん・佐々木さん） 5 山陽女子高校の同窓生たちと

1 日韓女性親善協会の祝賀パーティーで、相馬雪香先生と「鳳仙花」メンバー　2「地に舟をこげ」のメンバー左から高英梨先生・澤地久枝先生（前列）・李光江さん・朴民宜さん・私（後列）　3 安宇植先生を間に師を慕う友人たちと　4「在日女性史」第一回準備員会で左から李修京先生・私・趙栄順さん・鄭早苗先生　5 呉徳洙監督の手料理に舌つづみを打ちながら（伊豆宇佐美の別邸で）6 「悠」の発行を記念して中島力先生と同人たち

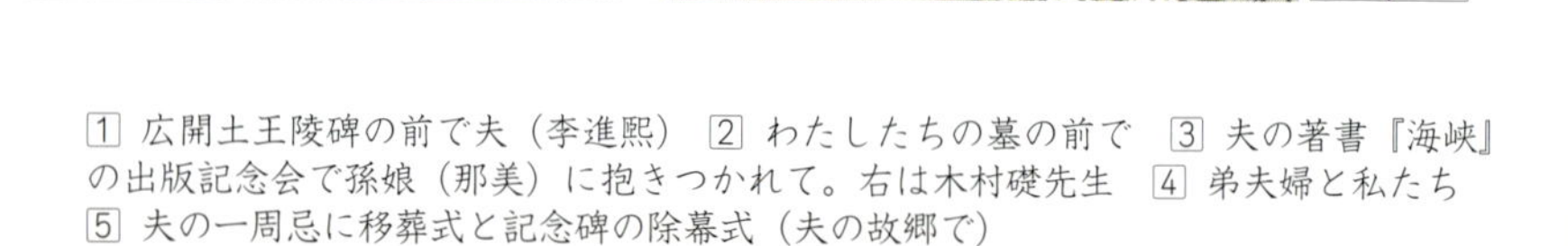

1 広開土王陵碑の前で夫（李進熙） 2 わたしたちの墓の前で 3 夫の著書『海峡』の出版記念会で孫娘（那美）に抱きつかれて。右は木村礎先生 4 弟夫婦と私たち 5 夫の一周忌に移葬式と記念碑の除幕式（夫の故郷で）

記憶の残照のなかで

ある在日コリア女性の歩み

呉文子

社会評論社

父・関貴星と
夫・李進熙と。

記憶の残照のなかで●目次

序章 記憶の残照のなかで 9

第1章 家族のあの日、あの時 37

第２章　在日女性たちの想い、希い　61

第３章　かけはし　93

第4章

魂をゆさぶる声、舞い

第8章　寄り添いて

挿絵　川添修司
写真　呉文子

序章

記憶の残照のなかで

夫の遺影と共に「李通信会」の皆さんと秋夕（チュソク）を迎えて

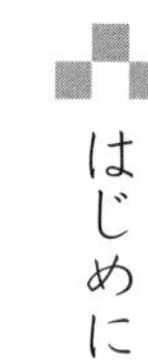

はじめに

夫が亡くなってはや六年目の秋を迎えます。向かいの民家から金木犀の甘い香りが風にのって漂ってきます。マンションのベランダでおいしそうにタバコをふかしながらそこはかと漂ってくる金木犀の香りを楽しんでいた夫の姿が思い出されます。この季節、わが家では祝いごとが続きます。私たちの結婚記念日、孫娘の誕生日、そして私はまもなく傘寿を迎えます。

私たち家族の歩んできた道程はけっして平坦なものではなく、紆余曲折を経た厳しい道程でした。とくに在日社会の分断のなかで苦しみもがいていたあの頃を忘れることができません。その道程がよくも悪くも私たちの生き方の何よりの証左となっているかと思います。

「私たちは過去を失う時（忘れたら）、未来もまた失うのではないか」との高橋源一郎氏の言葉に触発され、辛い過去を記憶の残照の中で蘇らせてみました。

これから記す私の半生の大部分は在日社会の分断時代を生きた私の家族史でもあります。

両親のこと・家族のこと

私は一九三七年、二女三男の長女として岡山市で生まれた在日二世です。他に異母妹が二人いて、ハワイに在住しています。

父は一九一四年、韓国の穀倉地帯といわれる全羅南道（チョルラナムド）の順天（スンチョン）で七人きょうだい（四男三女）の三男として生まれました。父方の祖父はかなりな土地持ちで呉ジュサと呼ばれていて、面（村）の長だったようで、兄二人を日本の大学に留学させるほど余裕のある家柄だったようです。兄たちが角帽を被って帰省すると周りに人だかりができたといいます。祖父が亡くなった後家門は傾き、厳しい日本の統治下でのこと広大な農地も手放すことになってしまい、父は農業専門学校しか出してもらえませんでした。学歴では兄二人には及びませんでしたが、日本に渡ってきてからの生活の面倒は、戦後成金となりました父が担ったのです。

　母は全羅南道の昇州郡雙岩面（スンジュグンサンアムミョン）という寒村の農家に五人兄姉の末っ子として生まれました。幼い頃に父親が亡くなりその後母親の針仕事でどうにか暮らしをたてていたそうです。その母親（私の祖母）も母が十二歳のとき病気で亡くなり親戚の家に子守として預けられました。子沢山のその家での生活は過酷なものだったらしく、故郷の思い出話をするたびに恨み言をいっていましたから余程つらかったのでしょう。その後戦争が激しくなって消息が途絶え、兄姉がどのように生きてきたか知る由もなかったのです。母が兄姉たちと再会を果たすことができたのは、一九九六年母の古希の祝いで故郷を訪ねたときでした。長兄はそこで農業を営んでいること、次兄は朝鮮動乱の折北に連れて行かれたことなどを知るのです。その後行方知れずだった次兄が、中国の吉林省に住んでいたことがわかりました。上の姉は嫁いで日本の広島に、二番目の姉は韓国に、三番目の母は岡山にという風に消息がわかり、次々に再会を果たすことができました。長い間互いの安否を気遣いながらどんなに辛い歳月を送ったことでしょう。戦後の韓国社会の混乱と動乱が新たな離散家族をつくり気の遠くなるような歳月を経てようやく消息を確かめ合うことができたのです。

　私が初めて母の故郷を訪ねたのは一九九五年ですが、とても山深い過疎の山里でした。順天のホテルから市内を抜けて約三十分、麓の里から大きなダム沿いの道路を二、三十分ほども走ったでしょうか。さらにその奥の細い谷間を縫って二十分ほど登ると小さな集落が現れました。山の南側の斜面に十軒ほど人家がはりついていて、その下に段々畑と手のひらほどの棚田が続いていて、貧しかった古い時代を今に映しているようでした。母がこんな山深いところで生まれ、どんなに貧しい生活を送っていたのだろうかと、しばし思いに耽ったものでした。集落のはずれにある母の生家に行きたかったのですが、家はすでに壊され空き地になっているとのことでした。村の向かい側の小高い丘から眺めると、山の斜面にぽつんぽつんと家が建っていて、若者はほとんど都会に出て行ってしまったのか、老人の姿もあまり見かけられず、どの家も貧しい佇まいでした。過疎の村は日本も韓国も同じで、人の住んでいる気配が薄いようでした。

両親がどのように出会って結婚したのかわかりませんが、一九四三年頃日本に渡ってきて亡くなるまで日本での生活となります。父は七十二歳、母は九十三歳でこの世を去りました。

父は両親をはやく亡くし異母兄弟の中で淋しく育ったせいか、私たちに寄せる情の深さは窒息するほど濃密なものでした。父は教育熱心で小学生のころから宿題もよくみてくれましたし、父母会には必ず顔を出してくれました。私が通っていた高等学校は良妻賢母を旨とするミッション系の女子校でしたが、授業参観日には、着物姿の母親たちの中、黒一点の父が必ず出席してくれました。「文子さん、お父様がお見えよ」と友人たちに冷やかされたことなど、遠い日の懐かしい思い出です。

父に商才があったのでしょうか、そのころパチンコ店やレストラン、建築ブームに乗じてブロック工場などと手広く事業を広げ、いわゆる戦後成金となりました。私が高校二年の時、朝鮮戦争の休戦協定が結ばれるのですが、二百坪の敷地に季節の花々が庭を彩り、応接間からは私の下手なピアノが流れるという生活でした。一般の家庭には、洗濯機や冷蔵庫などなかったような時代に、自家用車は外車でしたし、お手伝いや子守さんもいて、かなり裕福な生活環境でした。

父は私たちを旅行にもよく連れて行ってくれました。旅はまず記念写真を撮ることから始まるのです。いろいろなポーズを要求され、アルバムの中の私たちは楽しそうな表情よりもふてくされた写真ばかりが目について、父には申し訳なくて悔やまれるばかりです。

ロマンチストで音楽好きだった父はファミリーコンサートを開くのが夢で五人の子供たちに楽器を買い与えました。私と妹はピアノ、すぐ下の弟はサキソホン、次の弟はヴァイオリン、末の弟はドラムを。ある日真ん中の弟がヴァイオリンのレッスンがいやで置手紙をして家出をしてしまいました。弟の家出事件をきっかけに父の長年の夢は露と消えてしまったのです。父はうれしい時哀しい時によくハーモニカを吹いていました。ビブラートを利かせながら吹くメロディーは、どれも哀愁を帯びたものばかりでしたが、「愛しのクレメンタイン」はいまでも懐かしさを伴って思い出されます。

父は岡山県の在日本朝鮮人商工会の理事長、在日本朝鮮人商工連合会の理事などの役職に就いていました。私が高校三年生の夏休みだったと記憶していますが、朝鮮総連中央から父に民族教育を受けさせるべきだとの進言があったようです。音大をめざして受験勉強をしていた私の意志とは関係なく高校を卒業すると、朝鮮中央師範専門学校に進学させられることになります。民戦から総連へと組織の路線転換前で、小平に朝鮮大学が建つのはその後のことです。

当時私が通っていた高校は、音楽教育に熱心で、音楽部に所属していた私たちは地元の山陽放送にも度々出演したりしました。クラス担任も音楽担当の先生も、私が音大ではなく朝鮮師範専門学校へ進学することをとても心配して反対されましたが、父は私に民族教育を受けさせたかったのでしょう。

音楽への夢を諦めていた私でしたが、高校卒業公演「夢」のステージでは、真っ赤なロングドレスでショパンの「別れの曲」を歌いました。クラスメイトが私の髪をきれいにカールしてくれましたので、何とかプリマの雰囲気は出せたのではないでしょうか。今でも懐かしく思い出されます。

やがて朝鮮中央師範専門学校に入学することになります。千葉の船橋にある全寮制のその学校は、全国から教師を目指して入学した学生たちがほとんどで、貧しい生活環境の中にあっても祖国統一へ向けて熱心に勉学に励んでいました。私の意志とは関係なく入学した学校でしたが、民族意識の希薄だった私を民族の子として成長させてくれたのは、ここでの寮生活だったかと思います。若い同胞の学生たちと共に朝鮮の歴史や文字を学んだこの一年間の寮生活が、その後の私の人生を決めることになったのかもしれません。卒業するとほとんどが民族学校の教師として全国に派遣されるのですが、私は音楽をあきらめきれず、師範専門学校卒業直前に東洋音楽短期大学（現在の東京音楽大学）を受験します。寮生活で受験準備も充分にできない環境でしたが、無事合格して、卒業の折には数人しか選ばれない「卒演」（卒業演奏会）に出演する栄誉にも浴することができました。曲目はプッチーニ作曲の「マノンレスコー」の中のアリア「一人淋しく」を歌いました。

夫のニックネームはルネッサンス

私たちが結婚したのは一九五八年の秋でした。その前年の春、私は短大を卒業し、卒業式の翌日に東京で夫の同僚たちを招き婚約式を、秋には私の実家岡山で結婚式を挙げ、以後東京での暮らしとなります。

結婚当初夫は、明治大学の大学院を修了して東京朝鮮中・高級学校に勤務していました。出会ったのは彼が高校三年生の学年主任の時でした。世界史を教えていた彼は、中世ヨーロッパが近代を迎える頃の文芸復興期を説明するとき、ルネッサンスという言葉を連発したことから、ニックネームが「ルネッサンス」とつけられたそうです。中世ヨーロッパの絶対的な権力であるカトリック教会の権威とドグマに立ち向かって個人を主張したルネッサンスを力説し、文芸復興とはなかんずく人間復興であると二十代の彼はヨーロッパ近代の黎明期を熱く語ったそうです。後に金日成一族の革命思想や革命歴史を学ぶことになった教え子たちは、当時を振り返り、教会のドグマに挑戦した西洋の人々の勇気にあこがれ「ルネッサンス」の授業は忘れられないと、師の教壇での情熱的な姿を懐かしく語ってくれました。

夏休みには埼玉県の長瀞でのキャンプ、和銅遺跡や新羅系積石塚巡り、日帰りで高麗神社へと生徒を引き連れ、現場で実物を見て考える歴史教育に力を注いでいたのです。まさに夫が一貫して目指したのはこういう歴史教育だったのです。

翌年の一九五九年には、北の共和国への帰国事業が始まるのですが、「あたたかい祖国の懐へ」「楽園の祖国へ」と、熱病にかかったように大きなうねりとなって北へ北へと帰って行ったのです。夫は貧しくて進学できない優秀な生徒たちを「楽園の祖国」へと積極的に送りこみました。日本では果たせない夢の実現が祖国では叶えられると信じていたのです。その時はそれが正しい選択だと思っていたのです。その後、帰国した教え子たちの悲惨な現実を知り、どれほど涙したかしれません。夫は人生の最期まで帰国させた教え子たちに対し責任を痛感し、忸怩たる思いを吐露していました。あれから半世紀余が過ぎて北朝鮮や帰国事業への評価が示すように、何が正しいと一概に言えないのが現代史なのかもしれませんが……。

朝鮮大学の教員となって

一九六一年、夫は朝鮮大学歴史地理学科の専任となり、考古学と朝鮮古代史を担当することになりました。そして歴史地理学科を特色あるものにするため燃えていました。この大学は日本各地にある朝鮮人の中学や高校の教師養成を目的に、一九五六年に東京の小平市に建設され二年制からスタートしました。しばらくは無認可状態のままでしたが、一九六八年著名な文化人の支援のもと美濃部都知事の英断により認可されたのです。というのも朝鮮高校は各種学校で日本の大学への受験資格がなく、進学するためには、日本の高校に編入して卒業しなければ受験資格がありませんでした。ですから在日の大学教育を施す自前の大学が必要だったのです。

夫は時間の余裕のある夏休みなどには、学生たちを連れて奈良や京都を歩いたり近郊の遺跡を巡ったりと教師としてもっとも生き生きとして輝いていた頃だったと思います。関東大震災四十周年に向けて朝鮮人虐殺の実態をまとめた資料集を出すため、体験者の生々しい証言の聞き取りに学生たちを立ち会わせ、資料蒐集や現地調査の方法を学び取ることを好機としました。また太平洋戦争末期、炭鉱に強制連行された朝鮮人たちに会って体験を語ってもらったり、寺めぐりをして過去帳から死亡した朝鮮人を探し出し、無縁仏となった遺骨を調べたりと、学生たちに「生きた現代史」を学ばせようと情熱を注いでいました。それは在日朝鮮人が背負った過酷な歴史を学生たちと共にたどる生きた教育だとの信念からだったと思います。

結婚して間もなく私は民族学校で音楽講師として週三回授業を受けもっていましたが、夫が朝鮮大学に赴任してからは、朝鮮総連（以下総連）の女性同盟県本部の文化部に籍を置くことになり、主に対外部とママさんコーラスの指導を任されることになりました。夫の移動により大学の近くに引っ越したばかりで、友人もあまりいなかった頃だったので、同胞のオモニたちとの出会いが新鮮で楽しく、日を追ってコーラスメンバーも増えていきました。二部合唱、三部合唱と技量的にも上達していくのが嬉しく、コーラス指導にも一段と力が入り、毎日完全燃焼していました。

やがて、全国大会で合唱、重唱、独唱の三部門で同時優勝をなし、他府県のオモニたちからは羨ましがられたり、ライバル視されたりするようになります。総連中央からも声がかかり、記念行事に出演することも度々で、かなり「鼻」を高くしていました。当時の私は「首領さま（金日成）にのみ忠実な思想」の中毒症状に犯されていて、首も座らない生後一ケ月の次男を抱いて駆けずり回っていました。夢中で突っ走っていた私は、愚かにも「機関車」というニックネームまで授かるのです。

父の著書『楽園の夢破れて』

在日朝鮮人の帰国に関する協定が日本赤十字社と朝鮮赤十字社との間で締結され、私が結婚した翌年の一九五九年十二月、帰国第一船が新潟港から北朝鮮へ向かって出港しました。植民地の民として日本に渡り、民族差別と過酷な生活環境の中で苦しい暮らしを強いられていた在日同胞は、社会主義祖国に夢を託し「地上の楽園」をめざして日本を後にしました。

一九六〇年八月に日朝協会に入会していた父は八・一五朝鮮解放十五周年慶祝使節団の一員として招待され、北朝鮮に向かったのです。ここで読者は国交も回復していないのに、なぜ朝鮮人の父が北へ行けたのかと疑問を持たれるかと思います。実は父の言によると、一九五一年のサンフランスコ講和条約締結直前に日本人との養子縁組により日本国籍を取得したとのことです。前に記しましたように、当時父は、かなり手広く事業を展開していました。朝鮮籍では銀行からの融資も難しく不利なことが多いので、養子縁組という形式をとって日本国籍人になったとのことです。ですから、日本国籍の朝鮮人として北に行けたのです。

慶祝使節団一行には参議院議員阿部キミ子を団長に、北を礼賛した『38度線の北』の著者寺尾五郎もいました。滞在中清津に向かう車中でのこと、帰国した青年たちから寺尾の礼賛が嘘だという抗議の場を目撃したのです。さらに地元の岡山から帰国した友人たちとの面会さえも許されなかったのです。それればかりか、平壌の街を自由に歩くこともできない閉鎖社会だったそうです。

父は日本に戻ってから、北朝鮮の実状を総連側に訴えます。朝鮮戦争が終わってわずか七年、廃墟と化した国土の復興と再建の真っただ中でゆとりなどあるはずがない、帰国希望者には北の現実、厳しいけれども社会主義建設に身を捧げることを覚悟した人々が帰るべきだ。物資のない厳しい現実を受け止め、一本の釘や古着でも捨てないで大切に持ち帰るよう現実をありのままに知らせるべきではないか。帰国協力会の幹事の一人だった父は、真実をかくして帰国させてはならないと、訴えつづけたのです。しかし、「地上の楽園」へと沸き立っていた頃なので、帰国事業への妨害だと総連から「反動」という烙印まで押され激しく非難されることになりました。

彼の地に骨を埋めたいとまで願っていた父でしたが、帰国を諦めるばかりか一九六二年には、北の実態を告発した『楽園の夢破れて』（後に亜紀書房より復刻版）を出版し総連と対決することになるのです。『楽園の夢破れて』が出版された後、父はあらゆる誹謗中傷に耐えながらも、真実を覆い隠している帰国事業は間違っていると徒手空拳で孤独な闘いを続けていました。父の講演会が総連傘下の若い青年たちによって妨害され、暴力と罵声で会場が騒然たる雰囲気となり中止せざるを得なかったことなど身の危険と隣り合わせの闘いだったそうです。「もしこの事実に目を覆い従来通りの北朝鮮礼賛、帰国促進を続けていけば、恐るべき人道上の誤りを冒す恐れがあること」と父は訴え続けたのです。しかし父は志半ばにして無念の思いをいだいたまま、七十二歳の生涯を閉じました。

『楽園の夢破れて』が刊行されて半世紀以上になりますが、諦念の歳月を送ってきた在日同胞の間から、とくに帰国者の親族の間から帰国者の惨憺たる実状――劣悪な生活環境、飢餓、監視と密告社会であることが伝えられ、父の名誉は回復され、『楽園の夢破れて』は、帰国事業に関するバイブルだとも言われるようになりました。あのとき北の現状を直視せよという父の警告に耳を傾けるべきだったのです。いまもなお国際社会を震撼とさせているミサイル発射や核実験、暗殺疑惑等々……と信じ難い状況が続いています。

かつて韓国の軍事政権時代、左派や進歩的な文化人といわれる人たちが韓国の民主化運動への連帯ではあれだけ論陣を張り世論を喚起させたにもかかわらず、いまだ北の人権問題や暗部に触れることは、北を貶めることとして関与しないという姿勢をとっています。脱北者問題もしかりです。いまこそ南の民主化運動に連帯したあの時代の熱気を思い起こして、左右の対立構図を超えて、北の過酷な人権抑圧と闘うため、北の民主化運動にも連帯を強めていかねばならないのではないでしょうか。

総連との決別　――人生の岐路のただ中で

　同胞のオモニたちとの出会いが新鮮で楽しく「機関車」のように猪突猛進していた私も次第に夫と父との狭間で苦しみ眠れぬ日々を送るようになります。総連内では金日成の主体思想が唯一思想となり、第一副議長となって権力を意のままにする金柄植がライバルや批判者を容赦なく排斥して、尾行、密告、暴力行為などすさまじいばかりの金柄植旋風が吹き荒れていました。

　夫は連日の「思想総括」のため苦しんでいました。その原因の一つが私との結婚でした。私の父が、北朝鮮への帰国事業を批判したからです。その頃夫は、北の共和国に帰って考古学の現場で研究を深めたいと、真剣に考えていた時期で、北朝鮮での遺跡発掘や成果を『考古学雑誌』などの学術誌に精力的に紹介していました。そして、北朝鮮はまだ朝鮮動乱から七、八年しか経ってなくて、戦後の復興途上ではないか、と父の『楽園の夢破れて』を批判していたのです。間もなく、私たちは父とは絶縁状態となっていくのですが、そんなあるとき、私たちが北へ帰りたいと思っていることを父が知り、「文子がもし帰国するようなことになれば、割腹自殺する」と、電話の向こうで絶叫したのです。そして、「民族反逆者と言われている父がいる以上、帰国しても悲惨な目に遭うのは必定ではないか」と必死で引き留めたのです。割腹自殺とまでいった父の言葉にひと言も抗弁出来ず、これから先のことや夫のこと、子供たちのことなどで悶々と眠れぬ日々を送っていました。

　そんな苦しい日々がどれくらい続いたでしょうか。ついに私は北への帰国を断念し、夫との離別を真剣に考えはじめていました。民族反逆者の娘婿では政治生命を奪われたも同然ではないか、彼の将来のために別れるべきではないかと、父と夫との狭間で私の心は絶え間なく揺れ動いていました。それを知った父は、弟を介して別れて帰ってくるようにと言ってきました。北に帰せば娘の生命は危ないことを知っていた父は、「割腹自殺」とまでいって阻止しようとしたのです。もしもあのとき、父の反対を押しきってまでも帰国していたら、どんな運命が待ち受けていたのでしょう……。まさに人生の岐路の真っ只中に立たされていた頃でした。

いっぽう父のこと、大学での教育のあり方などで悩みつづける夫の姿も痛ましいばかりでした。一九六六年、夫の初めての著書『朝鮮文化と日本』（朝鮮青年社）が理由も告げられないまま、出荷停止となり、その上執筆停止の処分ばかりか、「思想総括」まで強いられるのです。朝鮮大学を辞める一九七一年三月までの六年間、彼は執筆停止となり、怒りと苛立ちの中、必死に耐えていました。一九六八年頃になると、大学内は「文化大革命」もどきの嵐が吹き荒れ、同僚同士の間にも疑心暗鬼の空気が蔓延していました。その上、学生が教師を監視し、講義などで少しでも思想的な「落ち度」があれば上部に通報していたようで、教師と学生たちとの信頼関係さえも崩れ去り、もはや教育の場ではなくなっていたのです。夫は日増しに食も細くなっていき苦悩の日々が続いていきました。安定剤無くしては日常が送れないほどでした。

父との絶縁から十年が過ぎた一九七一年四月、入学式を終えた数日後、ついに大学を辞める決断をします。朝鮮高校や朝鮮大学での二十数年間、民族教育に青春を燃やしてきたにもかかわらず、自分の生き方に照らして北朝鮮の政治体制や大学のあり方に追随できなくなったのです。

研究者としてそして、「季刊三千里」と「季刊青丘」の編集長として

翌年の一九七二年は高松塚壁画古墳が発見され、華麗な服装の美女たちと男性の行列、四神図（ししんず）の出現に新聞テレビは連日のように壁画の年代や被葬者探しに話題が集中していました。その頃夫は「広開土王陵碑文」の研究に没頭していました。古代の大和政権が朝鮮南部を二世紀も支配したという「任那日本府」を支えてきた根本史料「広開土王陵碑文」の拓本には問題が多く、またその事実を知っていたにもかかわらず無批判に利用して「出兵と支配」を論じた歴史家たちの姿勢は何だったのか、日本近代史学の歪んだ体質について問いたかったのです。現存する数多くの拓本の綿密な比較検討を通して、日本の古代史像の再検討を提起すべく吉川弘文館から『広開土王陵碑の研究』を出版しました。相次いで学会誌に論文を発表し、皇国史観の根強い日本の古代史研究に一石を投じたのでした。

高松塚壁画古墳発見と共に日本中が古代史ブームに沸きに沸きました。夫は新聞や雑誌などに執筆、講演、テレビ出演にと東奔西走の日々がつづき、研究者として最も輝いていた頃だったのではないでしょうか。研究者として多忙な日々を送っていた夫ですが、一九七五年二月に『季刊三千里』の創刊にかかわります。

創刊の巻頭辞には、「朝鮮と日本との間の複雑によじれた関係を解きほぐし、相互間の理解と連帯をはかるための一つの橋を架けていきたい」と記されています。在日一世の金達寿、姜在彦、金石範、李哲、尹学準諸氏を編集委員、そして若い頃の姜尚中氏や文京洙氏など、当時の在日の知識人を総動員して『季刊三千里』を五〇号まで『季刊青丘』を二五号まで夫は編集長としての重責を担ったので

上： 徐彩源先生のお墓の前で左から姜在彦先生、金達寿先生、夫（李進熙）
下：『季刊三千里』50 号完結記念パーティーの様子

す。当時『季刊三千里』、『季刊青丘』は多くの大学で副教材として採用されました。

この雑誌には当時の著名な知識人司馬遼太郎、上田正昭、大江健三郎、旗田巍、日高六郎、飯沼二郎諸氏などと挙げればきりがないほどの日本人文学者や研究者、ジャーナリストたちに朝鮮を語らせています。飯沼二郎氏は『季刊三千里』が積み上げた功績は三つあると言っています。その一つは南北に偏らない自立的立場に貫かれていること、二つ目は日本人の目を複眼的にしてくれること、三つ目は在日の問題が単に彼らだけの問題ではなく、日本人自身の問題だということへの理解を助けたのだ。在日朝鮮人の人権が守られていない限り、日本の民主主義は本物ではない、と氏は言っているのです。

加えて私は『季刊三千里』の果たした功績をもう一つ挙げておきたいと思います。それは、現在まで続いているNHK「ハングル講座」には、『季刊三千里』誌が講座開設を要望する運動の拠点となり一九八四年「アンニョン　ハシムニカ・ハングル講座」開設を実現させたことです。その後二〇〇八年から語学講座の刷新により、「ハングル講座」と名称が改められました。開設を要望するきっかけとなったのは、『季刊三千里』第四号（一九七五年十一月発行）で哲学者久野収氏と作家金達寿氏の対談「相互理解のための提案」で、久野氏がNHKに「スペイン語があって朝鮮語がないとは、これは全然いけません」と述べたことからです。これを受けて一九七六年四月、三千里社を拠点に、日本人の問題として自主的に提起された「NHKに朝鮮語講座開設を要望する会（後に要望する会）」の運動は、やがて多くの日・韓の市民ボランティアの支援と協力によって広がりをみせていったのです。日本で生まれ育ち、日本語を母語とする二世三世たちの定住志向を前提にした新しい在日コリアン史が始まる頃で、「在日を生きる」というフレーズを新聞、雑誌でよく目にしました。この時期に「ア

ンニョン　ハシムニカ・ハングル講座」開設は、在日コリアンにも日本人にとっても、時宜に適ったものだったのです。

夫は総連と訣別後、大学教授として、研究者としての道を着実に歩もうとしながらも、マイノリティによる異議申し立てと社会への参画を「共同作業」によって発信していく意義を、『季刊三千里』『季刊青丘』発行を通して求めていたのだと思います。

夫は、時代と自身に誠実に向き合い、研究者として教育者、編集者としても、在日コリアン一世として鮮やかにその生き方を示して行った人でした。

同人誌『鳳仙花』創刊号について

総連との決別を機に、一九七六年の春、調布市に移り住みました。関東では浅草寺の次に古い名刹と言われる深大寺、万葉集にも詠われている多摩川のあるこの街は古代から私たちと深い縁のある土地柄でもあったのです。

拠ってきた体制から離れ、居場所を失った喪失感から孤独で空虚な日々を送っていた私に少しずつ変化の兆しが見え始めたのは、市が主催する講座などに参加するようになって地域住民としての意識が少しずつ芽生えたからでした。奇しくも同時期は、イデオロギー論争に明け暮れ、政治に翻弄された過去を女性の人権、自立といった視点で捉えなおそうという在日女性たちの意識の転換期を迎えていた頃でもありました。元従軍慰安婦の真相究明と謝罪を求め「ウリヨソン・ネットワーク」に集う女性たち、チマ・チョゴリ姿で教壇に立つ尹照子さんや東京都の保健師鄭香均さんらが民族差別と闘っていた頃で、「規制の組織と一線を画した個人の集まりを中心に、反差別の闘いで獲得した民族・ジェンダー・階級の複合的な視点を備えた(「在日コリアン辞典—宋玉連」)在日女性運動がもりあがった頃でもあったのです。これらの運動を通して日本女性たちとの連帯、支援の輪が広がっていったのもこの時期だったと思います。

その頃私は『統一日報』の女性記者金明美さんから時々コメントを求められたり、コラム欄「女の視点」への寄稿を勧められ親しくしていました。また当時作家志望の沈光子さんとは姉妹のように親しくしていましたので、在日女性たちの日常で感じる喜びや悲しみなど女の本音を語る声をなんとか文字に記録しておきたいと三人で話し合い、一九九一年、同人誌『鳳仙花』を創刊することにしたのです。

一九九一年一月二十五日に発行した『鳳仙花』の創刊辞に、私は次のような一文を寄せました。

(前略)幼い頃、鳳仙花は好きな花ではありませんでした。暗い哀しい歴史を背負っている花のように思えたからです。恨みながら咲いているようにも……。でも、今は日陰に咲いている花のイメージではなく夏の熱い陽射しを浴びて、しおたれても、しおたれてもまた蘇る逞しい花、根強く大地に種を蒔きつづける花となって、私の胸に咲き続けています。したたかに、しなやかに新しい在日の日々を編みつづけることで、いつの日か女たちの美しい「鳳仙花」をいっぱい咲かせてみたいと希っています。

創刊号は十三人の作品が目次を飾り、カットは画家志望の親友李君子が担当してくれました。本名と通名の狭間で葛藤する様子や、ウリマル（母国語）への想いやキムチなどの食べ物に対するエッセイやアボジ（父親）の思い出、在日を生きる意味、そして、私は「ある訣別」で、総連との訣別までの心情を赤裸々に吐露しました。「時を超えて時代の流れは今大きく移り変わろうとしている。東西の冷戦構造が崩れ去り、在日にとっても無意味な『狂乱の時代』は去り、新しい風が吹き始めている。この新しい風が母国に真実の『地上の楽園』をもたらす風圧になるまで吹き荒れてくれるといい」との想いをそのままに記しました。今にして思えば、祖国の分断により二分化されていた長い在日の社会状況の中で、政治やイデオロギーに翻弄された時代の証言ともなっているのではないかと自負しています。

『鳳仙花』は時代の証言集

創刊当時、在日女性たちが文字を書くことは、普通とは言えない頃で、在日女性たちが発行する同人誌は皆無でした。李良枝さんが在日女性として初めて芥川賞を受賞し脚光を浴びていたのが稀有な在日女性として印象深く、眩しく映ったものです。

『鳳仙花』は、文字をもたないオモニたちの過酷な人生を、親の背中を見て育った二世たちが代わって綴った「身世打鈴（シンセタリョン）」（嘆き）が多くの誌面を占めていました。決して洗練された文章ではないが、むき出しの荒々しい生活がそのまま綴られていて、それが読者の共感を呼び起こしたのも事実です。「私の苦労話も載せて」と、地方からも原稿が寄せられるようになり、そこで私たちは、地方での読者獲得や同人発掘の拠点づくりに励み、またたく間に『鳳仙花』は各地域に読者の拠点が出来て全国的に広がるようになり、発行部数も当初の二百部から千部にまで広がっていきました。

いつ頃からでしょうか、女性たちの意識の変化にも大きな波を実感せざるを得なくなりました。在日コリアンだから、在日女性だからこう生きねばならぬ、といった縛りから抜け出し、在日の生き様や在り方を問い直す女性たち、また、儒教風土の濃い在日社会に対して、もう我慢ならない、と厳しく問う女性等々、等身大の自分を正直にさらけ出せるようになってきたのです。タブー視されていた帰化問題や国際結婚のことなども寄稿されるようになり、親子間の軋轢やギャップなど、在日の多様な生き方、暮らしぶりが誌面に投影されるようになりました。在日が二分化されていた長い社会状況の中で、政治やイデオロギーに翻弄された過去を、人権の視点で捉え直そうと自身を振り返ってみる文章も寄せられ、人権を深く考える契機ともなったのです。

在日女性たちの戦後の歩みを振り返るとき、在日社会の分断と儒教的な価値観が根強い家庭風土のもとで、必死に生活苦と闘いながら生きるのが精いっぱいだった時代、女性の人権やジェンダーの視点がどうのと語る余裕などありませんでした。しかし号を重ねるうちに、家父長制やイデオロギーに翻弄された過去の過ちを教訓とするためにも、まずその照射とすべき在日女性の過去の営みの記憶を掘り起こし、記録しようと『鳳仙花』の使命について改めて再認識するようになったのです。そして女性たちの結束やネットワークづくりにも目を向けるようになりました。

初期段階は女性たちの「身世打鈴」のマダン（場）だったと言っても過言ではなかったと思います。文章が書けるごく一部の人たちがオモニたちの生き様を吐露するマダン、日々の暮らしの中で感じる喜怒哀楽を呟くマダンを設けたのが創刊の趣旨でもありましたから。オモニたちの恨（ハン）多い人生を、私たちが記録しないで誰に託せようかとの想いでした。

次第に書き手も豊富になり、女性史研究者の山下英愛さんや作家の姜信子さん、金真須美さん、金由汀さん、李優蘭さんたち、第一四号には韓国の歌人として知られる故孫戸妍女史により「故国だより」が目次を飾ってくれるようになりました。

二〇〇七年二一号からは趙栄順さんが代表を受け継ぎ、多彩な企画で新しい風をもたらしましたが、ある程度の使命は終えたものと二〇一三年二七号をもって休刊としました。

『鳳仙花』は、不充分とはいえ時代の証言集としての使命を果たしたのではないでしょうか。この間に紡いだ在日女性たちの歴史の重さは、はかり知れなく、何よりも在日女性による女性の同人誌の先駆的役割を果したことの意義は大きいと思います。そして記録することの大切さを二十七冊の『鳳仙花』が如実に語っていると思います。

『地に舟をこげ』について

二〇〇五年の二〇号まで『鳳仙花』の代表を務めた後、在日女性文学誌『地に舟をこげ』に編集委員として七号の終刊までかかわりました。

在日の女たちの豊穣な「物語」を記録として残したいという高英梨先生の強い執念と使命感から多額の出資をされ、二〇〇六年「在日女性文芸協会」を設立し、文芸総合雑誌『地に舟をこげ』(二〇〇六年~二〇一二年終刊)を創刊し「賞・地に舟をこげ」では四名の受賞者を出すことができました。選考委員にはノンフィクション作家の澤地久枝さんと「在日女性文芸協会」の高英梨会長の二人が担ってくれました。

「在日」という小さな井戸も、真摯にまじめに上手に掘っていくと、普遍性につながるんですよ。

地に舟をこげ　2006〜2012

ちにふねをこげ

二〇〇六年一一月二〇日創刊。その前年、八三歳の高英梨は、朝鮮半島をルーツに持つ呉文子、李美子、山口文子、李光江、朴民宜、朴和美を「この指とまれ」と呼び集め、在日女性の在日女性による在日女性のための文芸誌の夢を語った。被植民者の末裔として宗主国日本で今を生きる在日の女たち、その豊穣な「物語」を記録として残すことへの執念があった。直ちに「在日女性文芸協会」を設立し、発行に必要な資金を用意。民族差別と性差別に包囲された在日女性の生き難さを「文学的想像力」の場で抵抗させる作業が始まった。銀河に鉄道が敷けるなら地に舟もこげるはず、と誌名を掲げ、編集方針を「在日女性の多様な生き様を記憶し、記録し、希望につなげる」に定めた。埋もれた創作者のために「賞・地に舟をこげ」を設け、四人の受賞者が生まれ、三作が単行本として世に出た。発表するあてのないまま、自らの生き様を秘かに書き綴る二世、三世の存在は、嬉しい誤算でもあった。刊行中には、在日女性に二度のアンケートを行い、現在の心情や創作への姿勢を読者に伝えた。一八歳から八〇代後半の多様な在日の女性像と声を読者に届けることができた。年一回、七号までを刊行。終刊号では、「在日の女たちよ、もっと怒れ。深く悲しめ。希望がないなんて嘆いていてはいけない。希望は与えられるものではなく自分で作るもの」とエールを贈った。言葉が響きあいながら励ましあう、こだまのような文芸誌であった。（ふぁ）

創刊メンバー　左から朴和美、山口文子、李美子、呉文子、李光江

『姉妹たちよ　女の暦 2014　The First Feminists in Japan』より

男性優位の儒教的在日社会で、女であるが故の生き難さを「文学的想像力」の場で拮抗してみせること、そのために七人の編集委員の高英梨会長はじめ、深沢夏衣、李光江、李美子、朴和美、朴民宜、呉文子の共同作業が始まるのです。誌名を『地に舟をこげ』にしたのは、舟は水に浮かべ漕いでいくもの。それなのに水がないところから水があるところに向かってひたすら漕いでいくことの決意表明に加え、日本社会に小石ほどでも波紋を広げたい、との思いが重なったからです。私たちは文学作品を通して在日女性の過去の営みの記憶を掘り起こし、記録し希望へとつなげたいとの熱い願いを込めながら編集作業にあたりました。在日女性史上、在日女性たちの力だけで編集、発行し書店に並ぶ文芸誌を発刊したのは『地に舟をこげ』誌が初めてでした。七年間という短い期間ではありましたが、受賞作品が四篇、その中から康玲子さんの作品『私には浅田先生がいた』(三一書房)、李貞順さんの作品『天が崩れ落ちても生き残れる穴はある――二つの祖国と日本に生きて』(梨の木社)が出版されました。新聞紙上での反響もあり「小石ほどでも波紋を広げた」ことと自負しています。

地域住民として

朝鮮総連と決別後、研究に没頭していた夫とは違って、私は見知らぬ街で友もなく孤独な日々を過ごしていました。市報を手掛かりにいろんなサークルに参加しながら、地域に溶け込もうと努めました。市が主催する講座などに積極的に参加することで地域に根差して生きることの意味を考え始めるようになりました。特に地域女性史を学ぶ中で、聞き取り調査にも参加し、長い歴史の中で形成された伝統的な性別役割分担意識が社会や家庭や職場など生活のあらゆる場面に根強く残っていることを直に知ることとなります。また戦前に多摩川流域で砂利採りを生計とした在日女性たちが生活苦に喘ぎながらもたくましく生き抜いた歩みも知ることとなりました。民族差別や男尊女卑の儒教風土の中で二重の苦しみに耐えながらも女の恨(ハン)を発酵させてしまうバイタリティーに母の生き様と重ねて感動さえ覚えたものです。この聞き取り調査を通して地域の女性たちと「共生」することの意味を身をもって理解し市民意識が芽生え、在日の私が一市民として街づくりにどうかかわっていくのか、ということが課題となって見えてきたのです。そして一九九四年から一九九六年まで調布市の女性問題広報紙『新しい風』の編集委員を務めながら、「隣の国の女性たち」というコラムを九年間連載することになります。また市の推薦により一九九八年から一九九九年まで調布市の「まちづくり市民会議」の諮問委員を二期歴任しました。

そして二〇〇一年「異文化を愉しむ会」を発足させました。私の母の入院体験を『朝日新聞』の論壇に投稿し、「配慮ある福祉を在日高齢者に」が掲載されたことが直接の契機となりました。

新聞の反響はかなり大きく、調布の市報にも寄稿することになり、在日高齢者の置かれている実情が市民にも広く知られるようになりました。

市報に掲載された会の趣旨文の一部を以下に記します。

> 急速な高齢化が進む中、在日コリアン社会にも高齢者が抱える様々な問題が噴出しております。制度的無年金者となってしまった在日一世からの介護保険料の天引き問題や介護サービスを受けている実態などを知るにつけ、問題の深刻さを実感させられます。その上生活習慣や文化の違いから新たな問題にも直面しています。たとえば老人ホームや老人保健施設またはホームヘル

プサービスなどを受けるにあたって、言葉や生活習慣、食文化の違いなどから誤解や蔑視にあうなど、心地よい環境に置かれているとはとても思えません。

女には学問はいらない、とした儒教風土の韓国で生まれた母たちの世代は、読書をしたり老人クラブの教養講座に参加したりして愉しむことができません。文字を持たない不幸は想像以上のものです。話し相手もなくひがな一日、淋しく暮らしている母と同世代のオモニたちの姿を見るにつけ胸が痛みます。せめて残りの余生を「生きていてよかった」と思えるようにしてあげたい。生活習慣や文化の違いを意識することなく、あるがままに寛げ愉しめる場を作りたいと切実に思うようになりました。そんな思いを友人たちに話しているうちに、まずは在日コリアンと日本人が触れ合い互いの文化に親しむことから始めてみてはどうかということになり「異文化を愉しむ会」を発足させることになりました。会の目的は民族性を視野に入れた福祉メニューを整えることにあります。まずはその前段階として在日コリアンと日本人が「共生」をキーワードに互いの文化を愉しみながら垣根を取りのぞけたらと願っています。

母と同世代の在日一世高齢者は「女には学問はいらない」といった時代を生きなければならなかったために読み書きができず、日本語で書かれた薬の飲み方がわからなかったり、同室の患者に遠慮して、キムチを食することもできなかったり等……母の体験をもとに実感したことを書いたのです。

そして二〇〇一年、韓国文化や日本文化を愉しみながらそれぞれの国を理解し仲良く暮らせる地域づくりを目的に「異文化を愉しむ会」を、友人の陸久美子さんたちと立ち上げました。文化の違いを差別ではなく愉しんでしまおうとの思いがこのネーミングとなりました。

「異文化を愉しむ会」オープニングには、舞踊家の林満里さんのサルプリ舞で華やかに幕を開けました。純白のチマ・チョゴリに赤いオックルム(チョゴリの結び紐)がひときわ印象的で、引き続きチャンゴでコリアンリズムを満喫しました。参加者の熱いまなざしに隣国に寄せる熱い思いを読み取り、この会の永続を誓ったのです。二回目は関東国楽研究所長の金福実先生による伽耶琴(カヤグム)の演奏、三回目は料理研究家の姜連淑先生に料理講習を、四回目は韓国映画「悲恋のホンサル門」鑑賞、五回目は金日権さんの韓国茶の御点前を、六回目は詩人のぱくきょんみさんによる「韓国の色と形について」のお話……、というように十六年間いろいろなプログラムを満載しながら気負わず和やかに等身大の異文化交流を続けてきました。特に韓国のシャーマン劇「クッノリ」や「言の葉コンサート」では、大ホールを満席にするほど盛況でした。舞台と観客が一体となって異文化交流のマダン(場)、熱いエール交歓のマダンとなったのです。このことは私たちに自信をもたらしてくれました。このように地域での face to face の交流がいかに相互理解を深めるのに大切であるか、と認識を新たにしたものです。また、こうした交流を通して、私は日本人が在日に対して意識の変化を見せる中、「共生」というキーワードが広まる時代になってきたことを肌で実感せずにはいられませんでした。

この地に越してきて四十一年、故郷のようにいとおしいこの街。私はすっかり調布市民となってしまいました。日本と韓国の両方の文化を理解し、互いの異なる文化をプラス志向で考えられるスタンスを「在日民族」として堅持しなくてはならないでしょう。日本で生まれ、日本の風土の中で生活している地域住民としての在日コリアンだからこそ、この日本で存在価値を、またその異なりを誇示する場も大きいのです。異(ちが)いが差別というマイナスイメージでなく、プラスのカルチャーとして日本社会に順応できればと思います。むしろ韓国人ならのプラス面を活かして、したたかにしなやかに「在日民族」として生きていきたいのです。

おわりに

歴史の記憶から忘却しつつある戦後の長く不毛な分断時代、抗うことのできない流れの中にいたあの時代を、私の記憶の残照の中で改めて蘇らせてみました。社会主義の勝利は歴史発展の法則と信じ、一九五九年帰国第一船が新潟港を出航する前夜祭のステージで、私は大合唱団をバッグに社会主義の祖国「地上の楽園」を讃え熱唱したのです。私が声楽家として初デビューを飾ったのが奇しくもこの新潟でのステージでした。翌日の十二月十四日の出航光景は生涯私の脳裏から消え去ることはないでしょう。忘れようにも忘れることができないのです。

当時は万景号ではなくソ連船の「クリリオン号」と「トボリスク号」が新潟の埠頭に係留していて帰国者を送迎していました。言い知れぬ民族差別と過酷な生活苦を強いられた日本を後に、あたたかい祖国の懐に抱かれるという夢と希望に満ちた帰国者と見送る人たちで埠頭は異常なほどの興奮に包まれていました。互いに永遠の別れとも知らず、「元気でね」「祖国で会おうね」と涙の別れのシーンが繰り広げられ、固く握ったテープをいつまでも名残惜しそうに離そうとしませんでした。やがて別れを惜しむ人たちを断ち切るかのように出航を知らせる汽笛が低く重くむせび泣くと「共和国万歳！」「マンセ！」の歓声と共に絶叫があたりを圧していました。

南北統一の暁には祖国のあたたかい懐に包まれて……などと幻想を抱いていたあの頃からいつのまにか長い歳月が流れ、私は今秋傘寿を迎えます。

私の記憶の中であの辛かった頃が遠景に退きつつある今もなお、祖国南北には対立状態が続いて混乱のただ中にあり、いつまでも争いの種が尽きることなく不和を引き起こし、人々の絆を分断しています。分断は深刻で克服の道程はかなりけわしいと言わざるを得ません。負の歴史を超える日がくるのはいつのことでしょうか……。

いつまでも嘆くことはもうやめにしたいと思います。近未来母国が統一したとしても、私が母国に永住することはないでしょう。この日本で生を享け日本文化や風土の中で育った私は、この日本はよくも悪くもこよなくいとおしい「ふるさと」になってしまいました。もはや「在日民族」として生きる道しか選択の余地はないように私には思われます。

夫との間に一女二男に恵まれましたが、長女は三十八歳で急性心不全によりこの世を去りました。長男は商社マンとして海外赴任、次男は国内でサラリーマン生活、共に責任ある立場を担って日々奮闘しています。長男には娘が二人いますが、今年大学二年生になった上の娘が高校生の折、単身帰国して大学受験の三年間をわが家で一緒に暮らしました。この孫娘との生活は当然ながらゼネレーションギャップやカルチャーショックもあり驚きの連続でしたが、わたしに新しい風と希望をもたらせてくれました。末の孫娘も今春高校生になりました。子や孫のためにも、この地にしっかりと根を張って平和で幸せな新在日史を積み重ねていきたいものです。

（初出『季論21』二九号、二〇一五年掲載「在日社会の分断の中で」を改題の上加筆）

第1章

家族のあの日、あの時

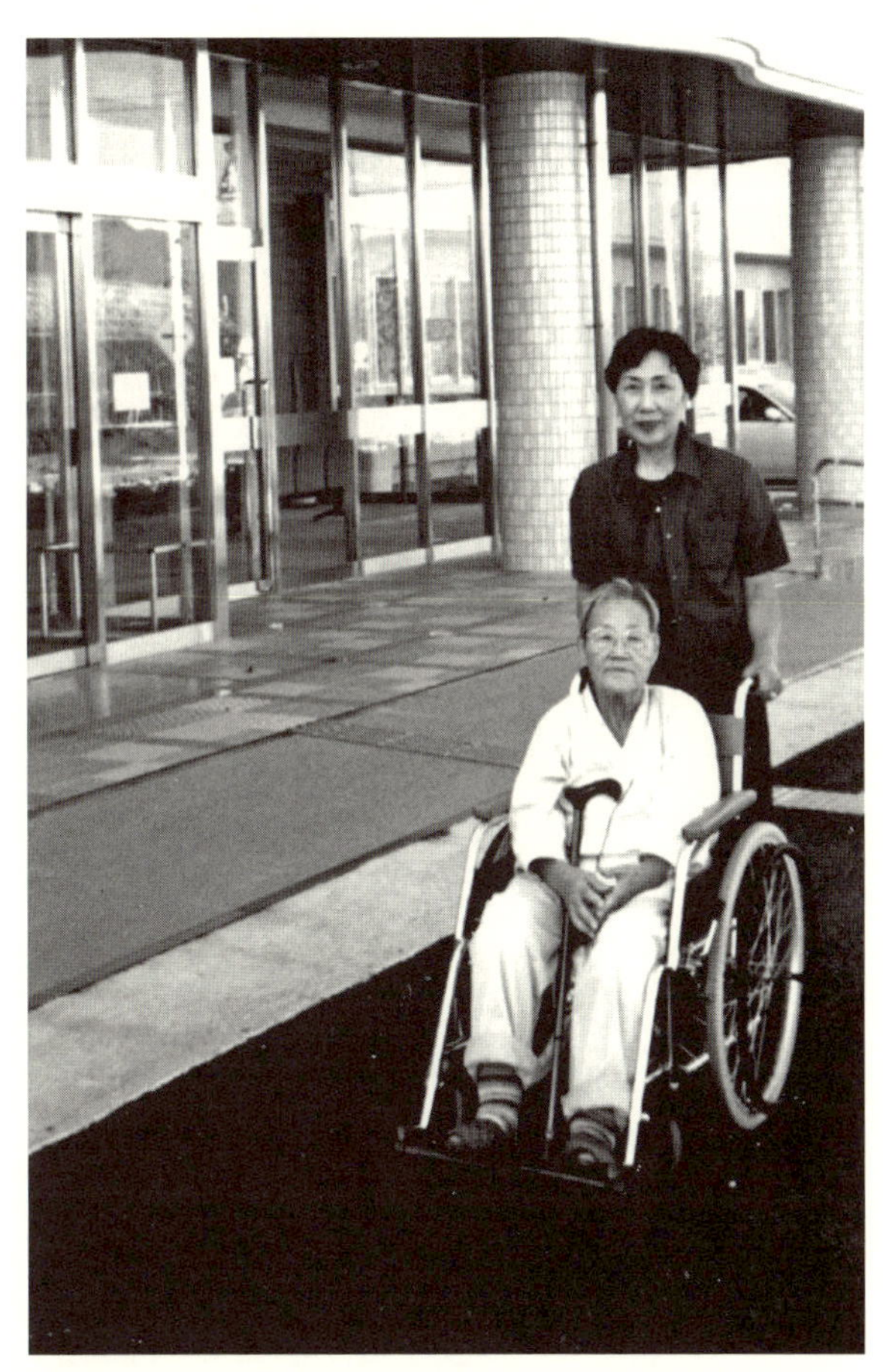

山梨の老人ホーム「りんどうの里」で車椅子の母と私

釜山港へ帰れ

『東洋経済日報』連載樋口謙一郎氏の「韓国現代史の風景」によると、「釜山港へ帰れ」の原歌詞は、男女の別れがテーマだったとのこと。その歌詞が変わったのは、一九七五年に「母国訪問事業」が開始され、肉親との感動的な再会シーンが映像に映し出されるようになってから、海峡を隔てた兄弟の別れの歌詞に変わったそうだ。この曲は趙容弼の代表的な歌となり、趙容弼全盛時代を迎える。

当時の在日の社会状況は、長期にわたる祖国の分断がそのまま在日社会を投影していた。不毛なイデオロギー論争に明け暮れ、ことあるごとに誹謗中傷合戦を繰りひろげていたが、南北どちら側の団体に拠って生きようと、一世たちの母国への憧憬は異常なまでに強かった。しかし拠って生きてきた団体との訣別は、「節操」を守るという大義名分のため、反動という汚名をも覚悟しなければならなかった。不幸な歴史の狭間で引き裂かれ、会いたくても会えない親兄弟がいたあの頃、夫もまだその呪縛から解き放たれていなかった。いまから思うとなんと不自由な時代だったことか。

いまでも「釜山港へ帰れ」の曲が流れると、私が初めて夫の故郷を訪問した一九七九年の、あの日の情景がひとコマひとコマ鮮明に蘇ってくる。夫の故郷は対馬から最も近い韓国の南端にあり、金海空港から洛東江ぞいの高速道路を三十分ほど南下したところの美音里。その地名のように美しい村里で、春霞に包まれた野山に、春の訪れを告げる山つつじがうっすらと色を染めはじめていた。

私の故郷訪問は夫の義妹弟に会って夫の近況を知らせることと、夫の両親の墓参が目的だった。長

男の嫁である私の初めての墓参は、夫の故郷での習俗に倣って厳かにとりおこなわれ、最後に身にまとった白いチマ・チョゴリの祭礼服を燃やして滞りなく終った。瞬く間に煙は高く昇り、茜色に染まった夕暮れの空のまにまに消えていった。義父母の墓に向かって深々と再拝（クンヂョル）をして墓所を後にする頃には、西の山の端には夕日が沈みかけていた。

くねくねと曲がった細い山道をしばらく歩いて降りると、麓の有線放送からだろうか「トラワヨプサンハンエ」と聴き覚えのある「釜山港へ帰れ」の曲が流れてきた。「帰ってきて、懐かしい兄弟」というリフレインが、哀切なメロディーと共に胸に迫ってきた。まるで「お兄（ハン）さん早く帰ってきて！」と義妹弟たちが訴えているように私には聞こえ、引き裂かれた肉親の積年の恨を私が肩代わりしているような思いに駆られたのだった。

私の訪問から数年後に夫は金達寿先生、姜在彦先生たちと玄海灘を越えるのだが、民族を裏切る行為だと激しい集中砲火を浴びることとなった。それは凄まじいばかりだった。あの頃訪韓を糾弾した人たちも、その後なしくずし的に韓国を訪ねている。この曲を聴くと当時のことが思い出され、万感胸に迫ってくる。

（初出『東洋経済日報』二〇一三年二月十五日付）

時祭に想う

慶尚南道金海市に住んでいる夫の弟から、時祭（シジェ）の日取りが決まったとの連絡があった。夫の一周忌に執り行う埋葬式の件も兼ねての久しぶりの電話だったが、今年は参加を控えたいと伝えた。

時祭は旧暦の十月十五日前後に、五代以上の先祖を供養するために行われる門中祭祀をいうそうだ。近年になってからは親族が集まりやすい日を選ぶようになり、今年は閏年なのでいつもより遅い十一月三十日と決まったとのこと。

毎年時祭には、息子たちを連れて夫と共に参加した。いつも私たちは前日の夜に釜山のホテルに泊まり、翌日の朝、李家の斎室（祭祀を執り行なう建物）に向かう。夫の弟の「嫁」たちは何日も前から供物を作る準備をし、当日は祭床（膳）からはみ出すほどの供物……新米で炊いたご飯や餅、果物、魚など二十数種類もの料理が並べられる。

李家の祭祀は十一時近くに始まる。この日のために、遠くは香港やソウル、大邱（テグ）から親族が五十人ほども集まる。夫は本家の長男なので祭主として儀式を執り行なわなければならない。

「嫁」である私は、その儀式を眺めながら、どのように法や制度が変わろうとも、百年一日のごとく変貌をとげない祭祀の現場を目の当たりにして、伝統や慣習を改めることの難しさを痛感した。

儀式が終わると供物をみんなでいただくのだが、これを飲福（ウンボッ）というそうだ。先祖への供養と感謝をこめて飲食するのだと聞いたことがある。年長者は年長者の膳、若者は若い者同士という風に長幼の

序はしっかりと守られていたが、飲福は男女同席だった。

　時祭は、遠く離れて暮らす親族が互いの消息を分かち合い、絆を強めるまたとない機会ともなる。結婚したばかりの新婚夫婦から、結婚の報告を兼ねて韓国式の再拝を受けたときには、在日の私でさえ長男の「嫁」を意識したものだった。韓国の家族制度の核は儒教倫理に基づく祖先祭祀を中心とした同族集団である。それは、男性の血統のみが優先される男系血縁家族を意味する。

　しかし家族法が改正されて父母両系主義に改まり、戸主制廃止により封建的な家族制度や家族のかたち、祭祀の形態も少しずつではあるが変容しつつある。時祭は例外としても、両親の命日や秋夕（旧盆）、正月などでは女性も男性と共に参加できるようになったのだから。

　生前夫は本家の長男として、長い間墓の造成に心を配ってきた。夫にとって墓は親族の絆を繋ぐための拠り所でもあったのだ。その甲斐あって陽当たりのよい山の中腹に芝を張ったマウンドが、高祖父から夫の代に至るまで整然と並んでいる。まるで公園墓地のようだ。

　それにしても今年の時祭はだれが祭主を務めるのだろう……、祭文の中に夫の名前も刻まれるのだろうか。来年の埋葬式での私のつとめは……、と韓国の習俗に不慣れな私は眠れぬ夜が続く。


（初出『東洋経済日報』二〇一二年十一月九日付）

アボジの力、オモニの力？

「アボニム（故李進熙）は若い頃に単身日本へ留学し、苦学を重ねながらも、常に故国を思い、身寄りもない中、自分の血を売って食いつなぎ、命がけで勉学に励みました。アボニムの業績については先ほど諸先生からもお話がありましたが、高句麗広開土王陵碑に関する研究を通して、韓国と日本の古代の関係を問い直した考古学者であります。また「朝鮮通信使」の研究における先駆者であり、『季刊　三千里』と『季刊　青丘』の編集長として活躍した言論人でもありました」

「プライベートな面では、アボニムは常に私たちに祖国のこと、故郷釜山のこと、両親や兄弟のこと、先祖のことなどを話してくれました。そして何よりも日本へ留学に送り出してくれたハルモニ（祖母）への想いは格別なものでした。勉学への思いを理解し、日本への留学を後押ししてくれたハルモニの英断こそが、アボニムをして、その後、必死で研究に励み、ハルモニの期待にこたえようという強い想いに繋がったのではないかと思っております。そのハルモニの眠る故郷で埋葬式、ついで記念碑が建立されましたことは息子としても感無量でございます」

今月中旬、夫の故郷で執り行われた埋葬式での息子の謝辞は、在日一世である父の確固たる人生観に対する畏敬の念と共に、信じる道を真っ直ぐに生き抜き「人生に悔いなし」と言い残して逝った父への讃辞ともなって、参列した人々に感動を呼び起こしたようだ。夫はキムチを欠かさず、みそ汁は日本の味噌が美味しいと言った人。生を享けたのは韓国であるが、学恩を授かったのは日本だと言って、日本と韓国の関係史に研究の多くの時間と労力を割いた。

息子の謝辞を聞きながら、彼が留学を切り出したあの日のことが脳裏をよぎった。何か思いつめた感じが伝わり、ゆとりのない家計ではあったが、何とか希望をかなえてあげたいと留学を後押しした。まもなく彼は、「必ずモトをとって帰ってくるからね」と告げて旅立った。

なんとか家計をやりくりしながら学費だけは送り続けたが、しかし学費だけである。彼は学生の身分でありながら、日本からの留学生向けの授業を担当し、駐在員の子供に日本語を教え、その母親には英語を教えるアルバイトをして生活費をまかなった。

当時の彼の友人たちから「彼を探す時は、図書館にいけば必ずいた」といわれるほど必死で頑張り、短期間で卒業証書を手にして、念願の商社マンとなった。

時代は変っても息子を思う母親の気持ちは普遍的なもの。また母親の期待に応えようと苦学しながらも学業に専念した息子たちも、同じ思いだったのではなかったかと、息子の謝辞を聞きながら、しみじみと夫と共に歩んだ半世紀余りを振り返り、遠い日を懐かしく思い出していた。

五木寛之さん風に言うと「アボジの力」なのか「オモニの力」なのか？

（初出『東洋経済日報』二〇一三年四月二十六日付）

息子の号泣

今年も「母の日」が近づいてくる。五月は祝いごとの多い月、「こどもの日」、娘の誕生日、長男の誕生日、「母の日」と続く。

息子たちが家族をもって離れて暮らすようになってから、ことに娘が亡くなってからは一緒に祝い膳を囲むこともなくなり、海外赴任の長男からはお祝いメール、次男からは花束や鉢物が届くようになった。

狭いわがマンションのベランダには、毎年増え続ける花鉢でびっしり。薄紫の凛としたクレマチス、真っ赤なブーゲンビリア、清楚な純白のクチナシ、七変化するアジサイ……等々を眺めているだけでも気分を浮き立たせてくれる。水遣りしながら、朽ちている葉っぱの裏をのぞいて虫取りをしたり、育ちが悪いと肥料を加えたり、じっくり時間をかけて観て回る。私にとって至福のひととき。陽当たりの良いせいもあるが丹精して育てた分、期待にたがわぬ美しい花を咲かせてくれる。五月の爽やかな風と眩しいばかりの陽光を浴びてまるでベランダがちいさな花畑のよう。

今朝もベランダの鉢物に水遣りをしていて、薄紫のクレマチスに目が留まった。次男が高校一年の終業式を終えて、通信簿を持ち帰った時のことがふと蘇ってきた。通信簿を見て、私は一瞬言葉を失ってしまった。その様子に息子は、すかさず、「ここを見てよ！　僕の視力は二・〇だよ」「視力を維持するのって成績を上げるよりもはるかに難しいんだ」と。その一言で私も夫も煙にまかれてしまった

ようで、後々までの語り草となっている。その年の母の日のプレゼントがクレマチスだった。ことほど左様に次男は学業よりも、筋肉質の体格が示すようにスポーツに向いていて、大学生活のほとんどをグラウンドで過ごした。生前夫は「ラグビー大学を卒業した次男です」と照れながらも、自慢げに話題にしていたという。

あれは夫の寿命が余命半年と告知された時のこと、次男はショックのあまり気持ちを抑えることができず、肩を震わせながら大粒の涙を流して号泣していた。いまもその時の悔しそうな姿を忘れることができない。次男は最初からがん細胞の全摘手術を強く勧めていた。しかし、持病の肺気腫や高血圧、糖尿などの数値が全身麻酔での手術に耐えうる範囲ではなかったばかりか、他の臓器にも転移し満身創痍の状態となっていた。なす術がないまま自宅療養に切り替えた私たちはリビングの南側の窓辺に夫のベッドを設置し、往診、訪問看護による二十四時間サポート体制を整え、夫のQOL（生活の質）を大切にしたいという希望を尊重した。長男と私は夫の意に添うしかなかったのだが、次男からはいまだに非難されているような気がしてならない。もしもあの時次男のいう通りにしていれば、夫はQOLを大切に誇りある余生を送れただろうか……。

過ぎ去った日々を振り返りながら、ベランダの花々に、離れて暮らす次男の姿を重ね、ほんの少しばかり思い出の糸車を手繰り寄せ感傷に浸っていた……。

（初出『東洋経済日報』二〇一七年五月十二日付）

扶余白馬江にて

昨年の秋、紅葉の燃え盛るなか、ソウルを起点に水原・雪岳山・百潭寺・東草・大田・儒城・公州・扶余へと学生時代からの友人順秋と君子の三人で八日間の旅をした。この旅は、三人揃って難病を克服し無事喜寿を迎えた快気祝いの旅でもある。新しい発見と感動の連続だったが、特に扶余では、初めて母国を訪問したときのことなどが思い出された。

一九七九年、父に伴われてソウルから釜山までの名刹、名所を観光しながら南下するという贅沢な旅をした。初めての母国訪問で緊張していた私を優しくエスコートしてくれた父との想い出は尽きない。まだ韓国が貧しく、国道で行き交う車は乗用車など稀で、時たまトラックが行き交うぐらいだった。

公害問題よりも経済成長を優先させた頃で、白馬江の船着き場にはヘドロやゴミが溜まっていて異臭が漂っていた。百済文化の源となった母なる河、そして最後を見守った歴史の河の在り様に唖然としながらも、父の熱のこもった説明に聞き入っていた忘れがたき想い出の地。

喜寿を迎えての長旅で疲れはかなり滞っていたが、私たちはこの旅の最後の目的地である百済の都扶余、扶蘇山へと心弾ませながら向った。

扶蘇山は、別名半月城とも呼ばれる百済の鎮山だという。ガイドの説明に耳を傾けながら、「三千宮女花のごとく落つ」で有名な落花岩へとのぼっていく。新羅と唐の連合軍が百済を攻め、百済滅亡時、三千人の宮女が捕虜となるよりも死をもって節義を守ろうと白馬江に身を投じた場所である。宮

女たちのチマ・チョゴリの鮮やかな色がツツジの花の様であったことから、落花岩と名付けられたという。

絶壁から投身した宮女たちの追い詰められた心境や息遣いなどが、時空を超えて伝わってくるよう……。落花岩から岩山を降りていくと、伽藍一つの庵のような小さな寺・皐蘭寺が建っていた。宮女たちの霊を弔うために建てられたという。滅びの文化の象徴か……。あまりにも侘びしい佇まいに、私はおもわず立派な論介廟と比較していた。

皐蘭寺の近くから屋根瓦造りのかなり大きな遊覧船に乗って、白馬江を下った。時の流れを忘れさせるかのように遊覧船のスピーカーから、

♪白馬江の静かな月夜／皐蘭寺の鐘の音を聴きながら／せつない百済の夢に思いを馳せる
月明りが照らす落花岩の影で／三千宮女によびかけてみよう♪

の旋律がくりかえし流れてくる。ふと鬼籍に入られた身近な人たち……金達寿先生・徐彩源先生（三千里の社長）・鄭詔文先生（高麗美術館創設者）や夫たちが「節義」のため故郷を訪問することができなかった時代があったことを思い出した。もしかしたらこの歌は、分断時代を生きた在日一世の望郷の歌でもあったのか……。哀切なメロディーを聴きながら、宮女たちの節義と現代の節義、節義とはかくも重く、そして虚しいものか……。

白い砂州と錦繍の山並みが調和する穏やかな風景の中で、在日史百年の茫々たる記憶も、分断時代の苦しみも、いつか遠景となって消えいくのだろうか……、と私たちは三人三様の人生を振り返りながら、しばし懐旧の想いに浸っていた。

（初出『東洋経済日報』二〇一四年二月十四日付）

学生時代からの仲良し四人組。
前列左から李君子さん、梁玉子さん（故人）、後列私、張順秋さん。

夏がくれば思い出す、あのころのこと

あれから六十九回目の夏が過ぎ去ろうとしている。一九四五年の春、私たち家族は、姫路から播但線でいくつか北に向かった香呂という鄙びた山村にしばらく疎開していた。小学二年生になったばかりの私は、その日も甘い香りが漂うレンゲ畑で、花輪や花冠などをつくって無心に遊んでいた。突然母のとてつもない叫び声がしたので振り向くと、「文子！　文子！」と息を弾ませながら走ってきた母は、無言のまま私の手を力一杯引っ張って夢中で走った。空襲警報のサイレンがうなり声をあげている中、人々がわめきながら行き交っていた。ただならぬ気配に、母の手から離れまいとしっかりと掴まって必死で走って逃げた。

翌日のこと、駅近くの線路に止まっていた客車には、血だらけになって死んでいる人、瀕死状態の人たちの呻き声で地獄のさまだった。間もなく私たちは沿線のもっと奥の寺に疎開した。寺の名前は忘れてしまったが、毎朝読経が流れていたこと、コウリャンをペッタンコにしたものが代用食で、ひもじい思いをしたことだけは鮮明に記憶している。程なくして岡山での生活に戻ったのだが、六月二十九日の未明、B29の襲撃による悪夢のような岡山大空襲に遭う。焼夷弾が花火のように降り注ぐ中、私たちは着の身着のままで逃げまどった。

父は何も持たないまま逃げてきたことに気づき、毛布を取りに家に戻った。その間、真っ赤に燃える夜空の下で爆弾の炸裂する地響きに脅かされ、ぶるぶる震えながら母や弟たちと身を寄せ合って父

を待っていたときの怖かったこと。

戻る途中、父の目前に焼夷弾の破片が落ちたこと、一歩前を歩いていたら死んでいただろうと父から聞かされたときには、無事でよかったとどんなに安堵したことか。一瞬のうちに火の海と化してしまった中を逃げ惑ったその夜のことは生涯忘れることができない。

市街地中心部の約八割が焼き尽くされ、岡山のシンボルでもあった老舗百貨店「天満屋」も丸焼けになり、鉄骨だけが残った無残な姿が爆撃の凄まじさを表していた。私たちの家族は奇跡的にも全員無事だったが、岡山駅周辺には戦災孤児がたむろし、闇市が立って戦後の混乱期を迎えた。

その翌年だったか翌々年だったか定かではないが、八月十五日に日本三名園の一つと称賛される岡山の後楽園で祝賀行事があった。チマ・チョゴリで着飾ったオモニやアボジたちが、チャンゴを叩きながら歌ったり踊ったりして光復節を祝っていた。祝い酒に酔ったせいか人前で踊ることなど苦手な父も、みんなの輪に混じって手を上げ肩を揺すっていた。よほど嬉しかったのだろう。あの日公園で車座になって食べたお弁当、特に卵焼きの美味しかったこと!

この季節になると、あの頃の光景がひとコマひとコマ再現フィルムのように鮮明に蘇って来て、万感胸に迫ってくる。

（初出『東洋経済日報』二〇一四年八月二十九日付）

最後の花火

多摩川の自然を背景に、音楽と花火がコラボレートする「ハナビリュージョン」。調布の名物花火が、今年も台風の合間を縫って、夏の夜空を華やかに彩った。

母との最後の花火となったあの日も、万華鏡のように華の輪が夜空にきらめいていた……。

母が一人暮らしをしていた十五年以上も前のことだが、ちょっとした不注意から第一腰椎破裂骨折で大手術をした。術後つらいリハビリにも耐え、奇跡的に杖をついて歩けるまでに回復したのだが、不運にも追い打ちをかけるように両脚の大腿骨を順々に骨折して、自力では一歩も歩けなくなってしまった。もはや自宅での介護は無理と諦め、逡巡しながらも辛い決断を下し介護施設に母を託すことになった。

その施設は、身延線の市川大門駅から徒歩二十分の距離にあった。市川大門は和紙と花火で有名なところ。特に花火は毎年八月七日に「神明の花火」と銘打って笛吹川の河川敷で開かれ、駅周辺は交通整理がでるほど見物客で賑わう。その年も施設から家族への参加打診があり、手土産を用意して高速バスに乗った。

施設の前庭では、恒例となっている「夏祭り」が開かれ、入所者の家族で賑わっていた。飲み物や焼きそば、かき氷なども振る舞われ、ワッショイワッショイと御輿が施設の周りを練り歩き雰囲気も最高潮に達していた。

やがて介護士や看護師、事務職員たちが華やかな衣装で登場し、腰をくねらせながらフラダンスがはじまった。化粧をした男性職員も混じってのフラダンスに、あちこちから黄色い声援や野次が飛び交う。いつもは淋しそうな入所者も今日ばかりは、娘や孫たちに囲まれ笑顔がはちきれんばかり。

夕日が沈んでいよいよ花火大会となった。競技花火やメッセージつき花火がナレーションで紹介され、二尺玉が地響きとともに夜空に大輪の華を描くと、あちこちから歓声があがる。花火を眺める母や入所老人たちの淋しい心に安らぎを与えてくれるひとときである。

その年は屋台の焼きそばや持参の鮨をいただきながら、夜空を彩る花びらの美しさに思わず歓声をあげていた私たち。だが翌年から母は目に見えて衰弱していった。どんなにすばらしい施設であっても、在日一世の母にとっては、民族文化を共有する同胞のハルモニたちと誰はばかることなく懐かしい昔話に花を咲かせ、「アリラン」が歌える環境でなくては心安らぐ場ではなかったのだ。「アリラン」は歌えても、「ふるさと」は歌えないのだから。

毎月高速バスと身延線を乗り継いで四時間余をかけて母を訪ね、三日間を共に過ごしていた。帰りの時間が迫ってくると、私の手を握ったまま放そうとしない母のか細い手……。

四年目の花火は、もはや食事を摂ることもままならず、花火の日から三ヶ月後、老木が枯れるように旅立った。あれから毎年、夜空を彩る花火は、母との記憶が蘇り、自責の念で花火が霞んで見える。介護はゴールが設定できないとはいえ、他に選択肢はなかったのか……と。

（初出『東洋経済日報』二〇一六年九月二日付）

ふるさとに還った母

昨年の十一月二日、母は老木が枯れるように穏やかにこの世を去った。享年九十三。

二日の未明、山梨に住んでいる弟の連れ合いから「もしかしたら……」との電話があり、明け方近くになって介護老人施設「りんどうの里」からも、「すぐにこちらに向かって下さい」との知らせを受けた。電話の様子から緊迫した状況が伝わってきて、いよいよその時がきたことを実感せざるを得なかった。

身支度を整え新宿駅に着いた時には、運悪く特急列車が出たばかりだった。はやる気持ちを抑えながら次の特急あずさ号に乗り、甲府駅で身延線に乗り換え駆けつけたときには、すでに母は葬服(サンボク)をまとっていて顔には白布が被せられていた。覚悟らしきものはできてはいたが、葬服をまとって冷たくなった母を前に、そんな覚悟などうそのように崩れ去り、あふれる涙をどうすることもできなかった。

母のまとった母国の葬服は、義妹の姉が昨夏の危篤の折に用意してくれたもので、生なりの麻ではなくシルクのような肌触りの柔らかい白い生地だった。角隠しのような頭巾を被った白ずくめの母は、まるで花嫁さんのように清らかにみえた。

「最期は引き潮がひくように静かに息をひきとりました」と、臨終に間に合わなかった私を慰めるように語る義妹の目からも涙が溢れていた。

昨年の夏頃から度々救急車で運ばれ、点滴や管でつながれていた痛々しいばかりの姿が思い出さ

れ、笑みをたたえ安らかに眠る母の姿にすこしばかり救われた気持になった。身体が不自由になってからの母は、口癖のように「夫運も死ぬ運もないのか」と嘆いていたが、父亡きあと二十年も長らえ、やっと苦しみから解放されたのだ。母は人生の帳尻をどのように合わせてから逝ったのだろう……、積もり積もった恨(ハン)は浄化されたのだろうか……と私は母に問いかけていた。

（二）

母は全羅南道昇州郡という寒村の農家に、五人兄姉の末娘として生まれた。幼い頃に父親を亡くし、その後母親のバヌジル（針仕事）で細々と生活していたが、その母親も母が十二歳の時に病死したため、親戚の家に預けられたという。子沢山のその家での生活は子守や使い走りなど、十代初めの母にとっては過酷なものだったらしい。故郷の想い出話をする度に恨み言をいっていたから、余程のことだったのだろう。

母が日本に渡ってきたのは父と結婚してまもなく、十八歳の時だった。その後、戦争が激しくなって連絡も途絶え、兄姉がどのように生きてきたかは知る由もなかったが、やっと連絡がとれたのは一九八八年ソウルオリンピック直前のことだった。長兄と二番目の姉は韓国、長姉は日本の広島に住んでおり、次兄の消息だけがつかめていないとのことだった。ようやく母が故郷にいる兄姉と再会を果たすことができたのは、古希を過ぎてからだった。再会の折、「生きてはいないだろうとあきらめていた」と長兄は涙ながらに話していたという。広島にいる姉は何度か故郷を訪問し、すでに再会をはたしていたが、すぐ隣の岡山に住む母とは連絡がとれていなかった。消息の知れない末妹の母の身の上をどれほど案じていたことだろう。

次兄は動乱の折、行方不明になっていたが、三年ほど前、次兄の息子が中国から故郷に本籍照会したことがきっかけで、吉林省に家族が住んでいることを知ることとなった。長い間、互いの安否を気遣いながら、どんなに辛い歳月を送ったことだろう。戦後の韓国社会の混乱と動乱が新たな離散家族をつくり、気の遠くなるような歳月を経てようやく消息を確かめ合うことができたのだった。

父方の祖父はかなりな土地持ちで、「呉(ジュサ)」(主事)と呼ばれ、面(村)の長だったようで、父の兄二人は私費で日本の大学に留学したほどだから、当時としてはかなり裕福な家だったのだろう。兄たちが角帽を被って帰郷するとまわりに人だかりができたという。

祖父が亡くなった後、兄たちが放蕩の限りを尽くして家は没落してしまう。その後父は一時ソウルに住まいを移し、赤玉ポートワインや清酒の合成酒を製造していた日本人の会社で働き、その「技術」をマスターして日本に渡ってくることになる。「技術」のお陰か父は、その後兄二人を日本に呼び寄せ面倒をみるまでになった。

商才もあったのだろうが、父の涙ぐましい努力の甲斐あって、戦後私たちの暮らし向きは少しずつよくなっていった。私が高校生になる頃には、パチンコ、レストラン、ブロック工場などを興し、事業を順調に広げ経済的には恵まれていた。

経済的には恵まれたが、母にとっては決して幸せなものではなかった。父に愛する女性ができ、別宅を構えさせ、二人の妻の間を行き来するようになる。長女の私を頭に五人も子供に恵まれながら、別宅でも妹が二人生まれる。二人の妹は現在ハワイに住んでいるが上の妹は私の二番目の弟と同じ年に生まれた。当時小学生の私には、妻としての母の寂しさ悔しさを解るはずもないが、産後ワカメスープをすすりながら肩を震わせ嗚咽していた母の姿が、いまも鮮明に記憶に残っている。

（二）

母が山梨の老人介護施設「りんどうの里」にお世話になったのは、二〇〇五年の師走に入って間もなくのこと、絨毯のように敷き詰められた枯れ葉が木枯らしで舞い上がっていた頃だった。

十一年前に第一腰椎破裂骨折で大手術を受け、奇跡的に杖を頼りに歩けるまでになったが、その後、二度も大腿骨を骨折するという不運が重なった。二度目の手術の後、主治医から、「もう一歩も歩けませんよ。車椅子での生活となります」と告げられ、母のこれからの不自由な生活を思い、眠れぬ日々が続いた。狭い我家での在宅介護は到底無理である。悩んだ末に、病院のソーシャルワーカーに相談したところ、まもなくオープンするという「りんどうの里」を紹介され、運よく入所することができた。山梨に住む弟の家から車で三十分ほどの距離というのも幸運だった。

この施設は甲府盆地の南西端のはずれ、身延線の市川大門駅近くにあって、東京の自宅から片道四時間以上もかかる。嫌がる母を入所させた負い目もあって、毎月母を訪ね、母の部屋で三日間を過ごすようにしてきた。母の部屋は三階にあり、共有のリビングの周りはユニット型の個室になっていて、それぞれの部屋の入り口には木製の表札がかかっていた。冷暖房が完備されている日当たりのよい明るい部屋で、老人の衣類を収納するにはほどよい大きさのチェストが備え付けられている。入所当日のことは忘れることができない。チェストの上に民芸風の小さなマットが敷かれ松ぼっくりが一つ、花瓶には真っ赤なガーベラが一輪活けてあった。何と細やかな心遣いで迎えてくれるのだろう、この施設なら母を大切にしてくれるに違いないと心を熱くしたものである。

入所初期の頃は弟の車で母を連れ出し、近くのレストランで食事を楽しんだり、コーヒー好きの母にコーヒーを味わってもらったりしたものだ。天気のよい日などは、母のお気に入りの日除け帽子に洒落たショールをかけ、車椅子で施設の周りを散歩して気分転換もはかれ、楽しい時間を過ごすことができた。そういえば施設の南林道から聞こえるウグイスの鳴き声が、いち早く春の訪れを告げてくれた。近くには大きな実のなる柿の木がたくさん植えられていて、熟した柿が鈴生りになっていたのも懐かしく思い出される。この地方の干し柿は絶品で、甘露柿として暮れの贈答品としても使われる。

施設に通うようになって三ヶ月も経った頃だろうか、介護士のみなさんの指導のお陰で、母の食事の介助や下の世話をオドオドしないでできるようになり、介護のコツのようなものが身についてきた。いつのまにか母も安心して私に身を委ねるようになり、私の訪問を心待ちにしていた。ときには、遅いじゃないの、と言わんばかりに拗ねてみせたりしていたが、そんな時は母が無性にいとおしく、抱きしめたくなったものだ。

ところが一年ほど前のこと、弟が病気で一ヶ月ほど入院したことがあった。その時服用した薬の副作用が原因で車間距離がとれなくなり、三重衝突をする大事故を起こしてしまった。幸いにも命はとり留めたものの車は廃棄処分となり、免許証も返納せざるを得なかった。そんなことから毎日欠かさず通っていた母への見舞いも間遠になり、母は日を追って言葉を失いはじめた。そのうち毎月訪ねる私の名前もおぼろげになり、食事も自分では摂れなくなった。嚥下力も低下したため、とろみ食に切り替え、長時間かけて介助しながら摂らせるという状態が続いた。そんなことから、体重も目に見えて減り、気力も衰えていくのをどうすることもできず、私は介護しながらも無力感に襲われる日々だった。何度も危篤状態がつづき、葬儀の打ち合わせをしたこともあったが、その都度奇跡的に元気をとり戻してくれた。

いまにして思えば、母との最後の別れとなった昨年の十月二十九日の朝、いつものように蒸しタオルで顔を拭き、化粧水をつけクリームをたっぷり塗ってあげると、何ともいえないような嬉しそうな顔で私をじっと見つめていた。言葉を失って久しいのだが、その日は、気分も良く、「おはよう」と言ってくれた。私には「おは」としか聞こえなかったが、文子の「ふ」も唇を前に突き出して言ってくれた。あまりにも意識がはっきりしていたので、その日は、母にさよならが言えないまま施設を後にした。さよならを言えば悲しそうな顔をするので帰りづらくなる。言葉を失う前の、「連れて帰って」という言葉が蘇り、後ろ髪を引かれる思いで逃げるように帰ったのだった。その日から三日後に母との永別がこようとは思いもしなかった。悔いと寂しさが日を追って津波のように押し寄せてくる。

（三）

母は生前、長男夫婦に子供が授からなかったこともあり、墓は無用、散骨してほしいと冗談とも本気ともとれるようなことを言っていた。樹木葬のようなものが念頭にあったのかもしれない。しかし私の心情としては、母の人生が跡形もなく消え去ってしまうようで、散骨など考えることさえできなかった。弟と相談して、呉家の墓地に埋葬することにした。

韓国の呉家の墓地には二十年も前に父が眠っている。父との合葬ではなく、隣に新しく墓を造り、墓碑も建てようと話がまとまった。さっそく韓国の親戚に日取りと墓の造成について伝え、何度も打ち合わせをし、事前準備を頼んでおいた。

私と夫は十一月の連休を利用して、呉家の墓地のある全羅南道順天（スンチョン）へと旅立った。釜山のバスターミナルから高速バスに乗り、夕方順天市内のホテルに着くと、前日に日本から母の遺骨を伴ってホテルに泊まっていた弟や韓国の親族たちが待っていた。夕食を共にしながら、翌日の墓の造成や埋葬式の段取りについて打ち合わせ、私たちがホテルに戻ったのはずいぶん遅くなってからであった。

翌日早めに朝食を済ませ墓地に到着すると、すでにフォークリフト一機と二人の若者、若い従弟たち数人が作業を始めていた。先祖代々の眠る墓地は、陽当たりのよい丘陵南斜面にあって二百坪ほどもあろうか。墓地の周りには、生前父が日本から移植した柚子や花梨がたわわに実り、山茶花がいまを盛りと咲き誇っていた。

夫や親族が見守るなか、父の墓の隣に墓穴が掘られ、母の骨壺を納めるときが迫ってきた。私と弟は何度も骨壺をさすりながら、母に最後の別れを告げ、抱えていた骨壺を墓穴にそっと納めた。母国での別れの慣わしなのだろう、長老から哭（コク）をするよう指示された。しかし、日本の文化に慣れ親しんだ私には大きな声をあげて哭（な）くことなどできず、滂沱（ぼうだ）と溢れる涙のままに、瞑目して静かに別れを惜しんだ。

納められた骨壺の上には白い紙が被せられ、長老によって何やら祝詞のような祭文が抑揚をつけて唱えられた。その後、弟と私が長老の指示に従って、三度に分けて土をかけたあと、土盛りと芝貼りが交互に繰り返され、最後は全面に芝を貼って高さ一・五メートルほどのマウンドが出来上がった。黒御影の石碑には、南平文氏（ナムピョンムンシ）と本貫（出自）が刻まれ、母の名前がくっきりと浮きたっていた。

それから程なく、親族が丹精こめて用意してくれた芳ばしい胡麻油の香りのする魚煎や野菜煎、果物などの供物が坐盤（ジャパン）に並べられ、厳かに墓前祭が執り行なわれた。長老の指示に従って長男である弟が香煙の上でお酒を三度回してお供えし、深々と膝を折って韓国式の再拝をした。続いて私も弟と同じ順序で行ない、親族の再拝が繰り返され、墓の造成から埋葬式、墓前祭まで六時間余にも及んだ儀式は滞りなく終わった。

墓から前方を臨むと、鏡面のように波静かな順天湾が広がり、時折釣り船が波の尾を長く曳きながら行き交っている。左前方には麗水あたりの山並みがかすんで見えた。引き潮になると広大な干潟が現れ、幾種類もの貝が採れるという。ここで採れる赤貝（コマッ）は母の好物だった。母の料理はいつも故郷の味付けで、赤貝の薬念（ヤンニョム）には独特の秘訣があったのだろう。私にはいまだその味は出せない。「どうせ文子はソムシ（料理の腕）がないもの」とよく言われたものだった。

男の甲斐性で妻以外の女性がいても黙認されていた時代、母は妻としての自分を封印して私たちの母親としてのみ生きた。妻として報われなかった母の涙の重さを知っていただけに、母の恨（ハン）多い人生へ娘としての想いを墓にこめたつもりであったが、母はなんと思っているだろう……。いらぬことをして、と怒っているだろうか……、それとも夫が言うように、仏になったのだから、もう昔のことは水に流しているだろうよ、と思っていいのだろうか……。

仲良く並んだ二基の墓を眺めながら、

「母さんは来たくなかったけれど、連れてきましたよ」と父に語りかけた。

ともあれ、これで娘としての務めが終わったのだと思うと、胸中にあたたかいものがじわっと広がってきて、しばしの間、充ち足りた気分に浸っていた。順天湾から吹きよせる晩秋の冷たい風が、私の頬を優しく撫でるように吹き抜けていく。

母のいない寂しさ、悲しさが襲ってきたのは、日本に戻ってからだった……。

あれから間もなく一年になろうとしている。

（初出『鳳仙花』二四号、二〇一〇年）

第2章

在日女性たちの想い、希い

文芸同人誌『鳳仙花』発刊15周年の集い。澤地久枝先生を囲んで同人たちと。

アリランで祝った『鳳仙花』の十年

在日コリアンの女性たちが発行する『鳳仙花』が創刊十周年を迎え記念の集いをもった。会場はチマ・チョゴリや和服姿の賑わう中、熱いエール交歓の場となり、和やかなひとときを共有することができた。特に全員が輪になってアリランを歌ったフィナーレでは、想いを同じくして紡いできた十年間の歩みをしみじみと思い起こしたことだった。そして今更のようにネットワークと仲間づくりの大切さを実感させられた。

思い起こせば、日々の暮らしの中で感じるよろこびや悲しみ、悩みなどを〝つぶやく〟マダン（場）が欲しいと願って発刊した十年前は、在日の女たちの同人誌は皆無だった。それだけに生活者である女の視点で、日常生活を映し出し記録できたらと、私たちは熱い想いにかられていた。十二人で目次を飾った七十ページの薄い冊子が、号を重ねるうちに一三四名の同人、二百ページの厚い雑誌となり、寄せられる〝つぶやき〟は多彩に時代を映すこととなった。

はじめの頃は、私の人生こんなはずではなかったと身世打鈴（辛い身上や運命を吐露する）するオモニたちで大半を占めていた。戦後の厳しい生活のなかで生きるのが精一杯で、ふと気がつくと民族に背を向け親に反発するわが子の姿に、これでよかったのだろうかと自問自答するもの、または帰化に戸惑い、在日の生き様や在り方を問い直すもの、儒教風土の在日社会に対して、もう我慢ならないと厳しく問うもの等々。「在日を生きた」オモニたちの暮らしぶりがそのまま投影されていた。

その一方で、若い世代の投稿からは、「育った畑は日本であるが、日本ならではの養分を吸収し、潜在的な種の異(ちが)いを活かしていきたい」と積極的に「在日を生きる」姿が誌面を明るくした。また国際結婚が増えていくなかで、ナショナルアイデンティティーの問題なども浮上し、親子間の軋轢や結婚観のギャップなども見え隠れし、時代の流れを実感させられた。

いつ頃からだろうか、コリアンに嫁いだ日本女性だけでなく、隣にいる日本女性たちも輪に連なってくれ、互いの心の垣根をとりのぞくことで、理解と友情の輪が広がった。そして小さいながら「交流の架橋」になってきている。このような「交流の架橋」が無数に結び合って、日本社会でのあるべき姿を映し出す鏡のような役割を果たせればどんなに嬉しいことか。

「継続は力なり」という言葉に励まされながら、いつの日か「在日」という言葉が心地よい響きで使われるよう、しなやかで、したたかに女たちの日びを『鳳仙花』に編み続けていきたいと願っている。

(初出『東京新聞』二〇〇一年十二月六日付)

『鳳仙花』終刊によせて

同人誌『鳳仙花』が、二七号をもって終刊した。創刊以来、筆者や読者を灯にして、変容する時代の流れに添いながら、ある時は逆らいながら女性たちの日常を刻んで四半世紀近くになる。

鳳仙花は、熱い日差しを浴びてしなだれても翌日には蘇り、はじけとんだ種はしっかりと大地に根を下ろし新たな芽を育み広がっていく逞しい花。私たちはこの花のようにと、誌名を『鳳仙花』とした。やがて全国に読者の拠点ができ、読者が筆者を、筆者が読者を、ロンド（輪舞）のように広がり繋がっていった。在日女性たちの力による初めての同人誌の誕生に、励ましの手紙やカンパも寄せられ、どれほど勇気を得、励まされたか知れない。

書棚に並んだ二十七冊の背文字を眺めていると、各号の目次までが浮かんできて、さまざまな想いが脳裏をかすめる。異国での差別や生活苦、儒教的な家庭風土の中での様々な桎梏に抗いながら戦前戦後を生き抜いたオモニたち、祖国の分断により二分化された在日社会に翻弄され苦悩する女たちのハンプリ（恨解き）が、誌面の多くを占め共感を呼び起こした。それらは生活体験に根差したものだけに暮らしの匂いがにじみ出ていて読者の胸に熱く訴えるものがあった。民族の息吹を伝える母体は男ではなく生活者である女であったのだ。

二一号からは若い世代の趙栄順新編集長を主軸に副編集長の堀千穂子さんが加わり、後継誌として新たなスタートを切った。時あたかも韓流ブームの最中、今までとは違った新しい風をもたらした。

韓国ドラマやK-POPなどに接する機会を得て、韓流にはまり込んだ日本のアジュンマたち、韓国人と結婚して生活習慣や文化の違いに戸惑いながらも、韓国社会に溶け込んでしっかり「在韓」している日本女性たちの生活も掲載されるようになり、誌面を通してボーダレス時代の到来を実感することとなった。

創刊当時を振り返れば「いま浦島」の感は否めない。もはや国籍は符号に等しく、悩み苦しみながら帰化や国際結婚を決意した時代は過去のもの、外套を脱ぐように軽やかに国籍を変え、国際結婚も当たり前の時代。押し寄せる時代の趨勢に流され風化の一途をたどって久しい。

だが、『鳳仙花』の創刊は民族への拘りから生まれたことをいま一度想起したい。在日コリアンとしてのエスニック・シンボルは様々だが、民族に背を向けることなく、民族的な生き方を模索しつつ日本社会で夢をかなえるため奮闘する女性たちがいることを忘れてはなるまい。たとえ一握りに過ぎなくとも、彼女たちの生きざまは在日の未来への希望であり灯でもある。そういった層の原稿を、『鳳仙花』に積み残したことへ少なからず悔いは残る。

しかしながら二十七冊の『鳳仙花』は、不充分とはいえ時代の証言集としての使命を経て、アーカイブの役割を果たしていることは確かである。

（初出『東洋経済日報』二〇一三年十一月二十二日付）

地域住民として

東京の西寄りに位置している人口二十三万弱の調布市に移り住んで四十年になる。ここには関東では浅草寺に続いて二番目に古い深大寺があり、寺の縁起には、高麗の青年と村の長の娘が結ばれ二人の間に生まれた子（後の満功上人）が七三三年に開祖したとあり、古代から朝鮮半島とは所縁の深い土地柄である。

移り住んだ当初、二分化された在日の社会状況の中、私は社会主義の勝利は歴史発展の法則と信じていた体制から離れ、居場所を失った喪失感から孤独で空虚な日々を送っていた。私に少しずつ変化の兆しが見え始めたのは、市が主催する講座などに参加することによって、地域に根差して生きることの意味を考え始めるようになってからである。

特に地域女性史を学ぶ中で、聞きとり調査にも参加し、長い歴史の中で形成された性別役割分担意識が社会や家庭、職場など生活のあらゆる場に残っていることを直に知ることになる。また戦前に多摩川流域で砂利採りを生計とした同胞女性たちが、生活苦に喘ぎながらもたくましく生き抜いた歩みも知ることとなった。民族差別や男尊女卑の儒教風土の中で二重の苦しみに耐えながらも女の恨（ハン）を発酵させてしまうバイタリティーに感動さえ覚えたものだ。この聞き取り調査を通して、「在日」の私が一市民として街づくりにどのように関わっていくべきか、という課題も見えてきた。

市民意識が芽生え始めた一九九四年頃から調布市の女性問題広報紙『新しい風』の編集委員に加え

ていただき、「隣の国の女性たち」というコラムを九年間連載した。母国の女性たちの儒教思想による性差別との闘いや「在日」女性たちの民族差別と性差別の二重構造の中での苦しい生活状況などを紹介した。当時に比べれば女性問題は大きく変貌を遂げ、民法が改正され戸主制も廃止された。『新しい風』に関わることで、わたしにも新しい風が吹き、住民意識が確立するターニングポイントになったのかもしれない。

このような関わりの中で、一九九八年から調布市の「まちづくり市民会議」の諮問委員に選出され二期歴任することになった。諮問委員との新たなネットワークが広がる中で、特に市議会で在日外国人無年金高齢者及び無年金障害者に対する特別給付金の支給が満場一致で採決されたことは自信につながった。このことを通して自分たちの住む街を拠点に地道に交流を続けることの大切さを学んだ。

二〇〇〇年には母の入院体験を『朝日新聞』の論壇に投稿し「配慮ある福祉を在日高齢者に」が掲載されたことが直接の契機となり、翌年「異文化を愉しむ会」を発足させ十六年目を迎える。この時の発足趣旨文が市報にも掲載され、かなりな反響を呼び新たな出会いが生まれ face to face の交流は続いている。この交流を通して在日コリアンの実情を理解し、異なる文化を尊重し認め合い、愉しむことのできる会へと成長している。

昨年市制六十周年を記念して、市民がたどる調布の女性史『凛として』が発行された。発行を記念して、法政大学総長の田中優子先生の講演「歴史は今を考え、未来を見つめる手がかり」があり、古代から問題解決に向けて果敢に実行する知性は女性の方が勝っていたことなど、女性史発行記念のお話としてはぴったりの内容に拍手喝采だった。

講演が終わって二部は「車座トーク」となり、『凛として』に収録された数人が選ばれ、私も短いスピーチをすることとなった。この街に移り住んで四十年、在日コリアンの私が、調布市民としてデビューした年月をしみじみと振り返りながら、共生を実感した車座トークだった。

日本社会は多くの国籍をもつ地域住民で構成されている。住みよい地域社会にするためには、国籍を超えて地域社会の一員という共通の立場から、地域住民のひとりとしてどう街づくりに参画し共生関係を築いていくために発信していくべきかが、今問われているのではないだろうか。

（初出『民団新聞』二〇一六年十二月二十一日付）

私の一票が地域社会に貢献できたら

私は東京郊外の多摩地区に住む在日コリアン二世である。この地域で「異文化を愉しむ会」を発足させ十年目を迎える。言葉や生活習慣、文化の違いから生じる誤解を乗り越え、互いに愉しみながら分かち合える関係づくりをめざして、会の名称を「異文化を愉しむ会」とした。この間の活動は市報にも紹介され、多くの日本人が、地域を守り発展させる隣人仲間として、私たちをあたたかく受け入れてくれている。

このような活動を通して、どうしても理解できないのが、地方参政権付与に反対する議論である。今国会でも、「国の主権が損なわれかねない」「日本に帰化すればよい」などと、さまざまな意見が出ている。私の周辺にも日本国籍に帰化すれば自動的に選挙権が付与されるのになぜしないのか、といった意見もある。

しかしこうした議論は、あまりにも日本と朝鮮半島との歴史（日本居住の歴史的経緯や生活実態）などを知らない発想としか思えない。在日コリアンの定住が植民地支配に起因していることを記憶から呼び覚ましてほしい。在日コリアンが、何ゆえに人権と民族的尊厳とをかけて国籍を維持しようとしているのか。特に、日本社会の厳しい差別に耐えてきた在日一世にとっては、国籍を変えることへの屈辱感は拭えないし、いまやアイデンティティの砦ともなっているのである。

いっぽう世代交代が進む中で、在日コリアンにとって国籍は、差別、アイデンティティ、機能性などといった様々な問題が混在していて、簡単な問題ではなくなっている。複雑にからんでいる現状があるだけに、いろんな選択肢があってもいいはず。しかし、私は国籍を変えることなく永住外国人の一人として日本社会で生きる道を選択したい。

地方参政権は、福祉や生活など地域社会に密着した問題を地域住民の総意で解決するために住民に認められたものである。納税をはじめ地域住民としての義務を果たしている外国籍住民に、地方参政権が付与され、外国人への施策がどのようなものであるかを知り、意思決定することは地域住民として当然の権利だと思っている。そのためにも、ぜひ外国籍住民である私も一票を投じたいと願っている。日本に永住し、地域住民として生きていく私の子や孫たちの未来のためにも、外国人への施策が開かれたものであってほしい。

私の両親は一度も選挙をすることなくこの世を去った。この地で生を享け育まれた私にとって、もはやこの地はいとおしい「ふるさと」となっている。「ふるさと」に住む外国籍住民の一人として、自分のルーツとアイデンティティを大切にしながら、この地域での義務と責任を果たし、地域社会の発展に貢献したい。

（初出『週刊金曜日』二〇一〇年四月）

内縁の妻？

夫婦別姓を認めない民法の規定が違憲かどうかが争われた訴訟で、東京地裁は五月二十九日、「夫婦が別姓でいることは、憲法で保障された権利ではない」と原告の請求を退けた。

韓国は夫婦別姓を伝統としていて結婚しても姓は変わらない。子供は出生時に夫の戸籍に入り、夫の姓を名乗るのだが、妻は生家の姓のまま一生を過ごす。近代的で民主的な戸籍制度だと思われがちだが、実は女性は「仮り腹」、夫の家系には入れないといった儒教的思想から生まれたもので父系血統優先に基づく。

別姓を勝ち取るために非婚を貫き、ペーパー離婚を敢行するたたかいを通して法制化に弾みをつけようとする日本女性たちとは違って、私たちは入れてもらえなかった結果である。夫婦別姓、言葉の響きは同じだけれど、それぞれの国の女たちの歴史や生活はさまざまだ。夫婦別姓に複雑な思いを抱いているのは私だけではないだろう。

私は三つの姓を使っている。子供たちの学校への連絡は夫の姓、私のアイデンティティーを証明するためには結婚前の姓、社会的な活動の場では生まれた時に付けてもらった姓を使っている。結婚前に家族全員が日本人との養子縁組で帰化をしていたので日本姓であったが、結婚後に国籍を離脱して韓国籍に戻って今の姓で生活している。

私のマンションの住人はすべて日本人なので、表札をみて、当初は「内縁の妻？」と勘繰った人も

いたようだ。夫と八歳も年が離れていて私はどちらかというとツクリが童顔なので、晩年はよく誤解された。そんな時、夫は「後妻です」と初対面の人を煙に巻いたりしたものだ。特に最晩年は白髪で生来の覇気もなくなり杖をついての病院通いが多かったので、「後妻です」の出番も多くなっていた。しかし夫婦別姓制反対派が主張しているように、夫婦別々の名前だから家族の絆が弱まり、やがては家庭が崩壊し社会に混乱を招くということはない。別姓ぐらいで家庭が崩壊するなら、その家庭は同姓でもうまくいかないのではないかと私は思う。

近年女性の社会進出が進み、家族の形態も多様化して、女性の側が夫の姓を名乗ることで損失を被るケースも少なくない。妻も夫も元の姓のままでもいいし、状況によってはどちらか一方の姓を称してもいい、そんなゆるやかな選択肢があってもいいのではないかと思う。

海外では別姓選択の法改正が進み、先進国でその仕組みがないのは日本のみだそうだ。アジアでも多くの国が、従来の制度を改めているという。世界の夫婦の姓のあり方をみれば、今回の違憲判決は時代に逆行しているとしか思えない。

韓国は二〇〇五年の民法改正により、戸主制が廃止され、子は父親の姓を継承することを原則とするが、母親の姓を継承するとの合意がなされた場合は継承が可能となった。

（初出『東洋経済日報』二〇一三年六月二十一日付）

「輝きフェスタ」に参加して——韓国の輝く女性たち

私の住んでいる調布市の「男女共同参画推進センター」では、毎年二月に「輝きフェスタ」を開催している。センター利用団体が一年間の活動成果を披露し、市民との交流をはかるという目的のもとに開かれる恒例のフェスタである。今年も多彩なグループ参加があり、常連組「多摩女性学研究会」(以下たまじょ)も実行委員として参加した。

この会は二〇〇六年九月から『ジェンダーの視点からみる日韓近現代史』(梨の木舎)をテキストに、毎回チューターを決め学習を進めている。メンバーの一人ひとりが学んだことを生きる課題と結びつけながら、テーマをもって社会参加している知的で魅力的なグループだ。

このグループの代表・石川康子さんから声をかけられ、私も時間の許す限り参加している。この会に参加することによって、日本女性たちの底力とネットワーク力をまざまざと見せつけられ勇気が湧いてくる。とくに石川さんの行動力と実行力には舌を巻くほど。毎月発行している『たまじょ通信』や「憲法ひろば」の編集だけでも大変なエネルギーと時間を要するのに、他のさまざまな会場でばったり出会うことが多い。もちろん「たまじょ」のメンバーも一緒のことが多いのだが。

今年の「輝きフェスタ」には、「たまじょ」企画で、昨年『ナショナリズムの狭間から』(明石書店)を刊行した女性学研究者の山下英愛さん(文教大学教授)に「韓国の輝く女性たち——彼女たちの葛藤をのりこえるエネルギーとは」という演題での講演依頼が決まった。近年、戸主制度廃止をはじめさまざまな法制度の改革を担った韓国の女性運動と女性の現状について、韓国留学の経験と韓国挺身隊問題対策協議会（挺対協）に深く関わってきた山下さんから、その実像を語ってもらおうと企画したのである。ちなみに、昨年は宋神道さんの記録映画『オレの心は負けてない』の上映と梁澄子さんの講演を企画し、好評だった。

当日は、会場その他の都合もあり、十時三十分からの開催と決まった。大阪からの上京にもかかわらず、会場の都合で午前中の講演となり、「たまじょ」のメンバーは申し訳ないと気をもんでいた。しかし重い資料（写真や図表など一三〇枚）を携えて現れた山下さんは、疲れた様子もなく、主催者との打ち合わせに余念がない。都心からの参加者もあり、動員を心配していた「たまじょ」のメンバーに、「韓流ブームはまだ健在」といわせるほど盛況だった。

講演の前半はパワーポイントを駆使しながら、韓国ドラマに描かれている女性像——例えば日本でもBSで放映されたテレビドラマ『がんばれ！　クムスン』などのなかに込められているさまざまな女性問題、離婚後の親権の問題や子供を連れて再婚するとき、子供の姓はどうなるのかなどなど……を例に挙げながらの身近な話に、私たちはすっかり引き込まれていった。単なるメロドラマとして観ていた私は、以後ジェンダーの視点でドラマを観ようと、夫が嫌がるドラマを「女性学の学習」と言い張ってチャンネル権を渡さないことにしている。

後半は、李朝時代の男性中心的な家族観と社会秩序について、古い貴重な資料を示しながら熱く語った。若くして夫が亡くなった後も「家門を汚さない」ために、再婚せず家を守りぬいた女性を顕彰する「烈女門」の写真、外出時、女性は顔を見せてはならず、編笠のようなものを被っていた時代のモノクロームの写真を提示することによって、家父長制社会を生きた女性の桎梏の歴史に説得力をもたせた。二十数年前、梨花女子大出版の分厚い『韓国女性史』をテキストに、二十代の若い山下さんたちと「朝鮮女性史読書会」に参加していた頃が懐かしく蘇ってきて、目の前で堂々と講演している彼女が眩しく、また誇らしかった。

次に植民地時代の男性中心的な家族制度、日本式公娼制度の移植から日本軍「慰安婦」への動員と日本式良妻賢母教育について、古い制度に抗う新女性たちの葛藤と挫折までを駆け足で。続けて解放後の分断と冷戦の中で、女性たちが家族法を改正し、ついに戸主制度廃止にいたるまでの活動を、民主化運動と連動させながら語った。家族法の改正や男女雇用平等法の制定は、一九八七年の「民主化宣言」で大統領の直接選挙が導入され、女性票を意識せざるを得なくなった背景が大きいとのこと。民主化運動を担った多くの女性たちが、のちに大統領府のスタッフとして政権入りし、大統領府との連携によって改革実現の戦略を重視した結果、政策決定への影響力が強まった。戸主制廃止運動は、九〇年以降女性運動団体が一丸となって推進してきた最大の運動成果だという。

戸主制廃止運動の誘因となったのは、家父長制による男児選好（女児なら中絶）が男女の出生比率の偏りをもたらし、社会問題となったことにある。この偏りを是正する方法として、父母姓併記運動が起き、母親の姓も名乗ることで、民法上の戸主制に対する問題提起を行った。例えば離婚家庭の場合、父母が離婚した子は、母親と住んでいても母の戸籍には入れないため、単なる同居人にしかなれない。母親が再婚しても義理の父親の戸籍には入籍できないなど、法的権利をもっていないため、再婚家庭の子供の福利面における不利益は大変なものであった。以上のような害例を公にし、不平等な家族制度の問題点を明らかにすることによって、この運動が広く認識され支援の輪が広がっていった。

こうした流れの中で、女性運動団体の強い願望と支援によって、戸主制廃止を公約に掲げた盧武鉉大統領が誕生したのである。そして二〇〇五年三月、国会本会議で民法の改正案が可決され、二〇〇八年一月から、本人を基準に家族関係を記録する新たな身分登録制が導入されたのである。

最後に、現在法曹界に「女風（ヨプン）」が吹いている例として、女性国会議員数や地方議員数の推移を示しながら、二〇〇三年女性初の法務部長官や憲法裁判所裁判官が任命され、現在、司法試験合格者の女性比率は三八パーセントにも及んでいること。今後も女性議員の増加によって、女性に共通の関心事項を政策課題にする力となるだろう、と力強く話を結んだ。

山下さんの講演は、韓国女性の希望や苦悩が、長い歴史的脈絡の中で、いかに社会のシステムを変え、意識の変革をもたらしたか、また政治的、経済的変化が韓国女性の生き方にどのように影響を与えたか、その変遷を示してくれた。

終始やさしい語り口で韓国女性たちのめざましい活躍を伝えてくれた山下さんに、会場から割れんばかりの拍手とぜひパート2をとの声が上がり、そのうえ参加者の八〇パーセントにも及ぶアンケートが寄せられ、この企画の成功を喜んだのはいうまでもない。

講演が終わって、山下さんを囲んでのささやかな会食の中で、「民主化運動で蓄積してきた韓国女性たちの結束と連帯力が、社会に変革をもたらしたことに深い感動を覚えた。私たちの課題はまさにこの結束力をいかにつけるか……」と語ったSさんの悩みともとれる感想を聞きながら、私は在日女性たちの戦後の歩みを振り返っていた。在日社会の分断と儒教的な価値観が根強い家庭風土のもとで、必死に生活苦とたたかいながら生きるのが精いっぱいだった時代、女性の人権やジェンダーの視点がどうのと語る余裕などなかった。同人誌『鳳仙花』創刊（一九九一年）の頃でさえ、寄稿者を募るにもそれぞれの拠って生きる立場がさまざまであるだけに気を遣い、女性の人権よりも政治的な立場のほうが優先され、女性たちの結束やネットワークづくりは厳しい状況だった。

遅きに失した感も無きにしも非ずだが、ようやく家父長制やイデオロギーに翻弄された過去を、女性の人権という視点で捉え直そうとの動きがではじめている。過去の過ちを教訓とするためにも、まずその照射となるべき「在日女性史」の掘り起こしに、力を注いでいかねばならないのでは、と強く思った。

(初出『地に舟をこげ』四号、二〇〇九年)

見えない壁――ガラスの天井

日本で、ウーマン・リブ旋風華やかなりし頃だったから、今から三十数年ほども前だろうか。女性解放の旗手ベティー・フリーダンによって、フェミニズム運動に火がつき、彼女の著書『新しい女性の創造』(大和書房)が日本でもベストセラーになった。女を妻や母親の役割に限定する「女らしさの神話」にメスを入れ、女の自立を、社会参加を、人間として生きることを促していた。だれそれの妻、だれそれの母といった依他的な古い価値観から抜け出せないでいた私は、強い衝撃を受け、古い衣を一枚ずつはぎ取られていくようだった。以来、私にとって、ベティー・フリーダンは自立への道標となった。

ベティー・フリーダンに会うことができたのは、一九九五年、彼女が七十四歳のときである。『老いの泉』の出版を記念して開かれた「ベティー・フリーダンと語る夕べ」の会場であった。いくぶんふっくらとした彼女は、シルバーグレイの髪に黒い長めのジャケット姿で壇上に上がるや、満場の女性たちから熱い拍手で迎えられた。六十歳を過ぎた頃から老いについての研究に没頭していた彼女は、老いを若さの喪失というスタンスではなく、高齢期こそ希望にみちた冒険の時と、老いのもつ可能性について熱く語った。三十年前に「女らしさの神話」にメスを入れた彼女は、今度は「老いの神話」を覆そうというのである。そのエネルギッシュな語り口には、世界の女性解放運動をリードしてきた自信が漲っていた。

いま話題になっている『女性の品格』（PHP新書）の著者坂東眞理子さんも参加者の一人で、埼玉県の副知事として紹介されたと記憶しているが、女性初の県副知事ということでも話題になっていた。親しく話しているところをどなたかが撮ってくれた写真がいまも手元にある。ベティー・フリーダンのサイン入りの著書と共に大切にしている写真である。

ベティー・フリーダンは、二〇〇六年二月四日、八十五歳の誕生日の日に、ワシントンで亡くなった。

ベティー・フリーダンが『老いの泉』を出版して、ベストセラー入りしていた頃、米国では、ヒラリー夫人の「やってみるべきだわ」という一言が、ビル・クリントンに大統領出馬を決断させたことは有名な話。新聞を開けば、夫人のキャリアやファーストレディーとしての資質云々の活字がおどっていた。大統領選挙キャンペーンでも、ヒラリーは最大のアドバイザーと全幅の信頼を置き、見事なコンビで戦い抜いたのだった。

もし韓国で、夫人の一言で大統領選に出馬したという記事が出たとしたら、どんな反応が出ただろうか。クリントン大統領のように当選しただろうか。「めんどりが鳴けば家滅びる」というお国柄だから、間違いなく落選しただろう。「めんどりが鳴けば家滅びる」という諺は英語にもあるそうだが、わが国の「めんどり」と西洋の「めんどり」とはどう違うのかしら……。それにしても、徹底して「めんどり」をたてて当選したクリントン氏の勇気と決断に、惜しみなく拍手を送ったのはいうまでもない。

やがて在日女性たちにも女性史を学ぼうとする読書グループが生まれ、私もしばらくの間、そのグループの末席に籍をおいていた。梨花女子大をはじめ韓国で出版された女性史関係のテキストを中心にして、娘のように若い女性たちと一緒に、先達の足跡を辿ったものである。ほどなく『朝鮮女性史読書会通信』を発行することになり、後に名称は『女性通信』と変わったが、三十号まで続いた。

創刊号は一九八五年八月十五日、山下英愛さん（現文教大学教授）の創刊の辞も高らかに、在日女性史始まって以来の、女性自身による通信発行であった。発行の目的は、「在日」と「女性」という同胞女性に共通する問題を自由に話し合える場をつくること。そしてもう一つは現実と向き合う上で、その照射とすべき朝鮮女性の歴史を学び、そこから教訓をくみ取る作業をすることの二つであった。

一九八五年は国際婦人年の十年を締めくくる世界婦人会議がナイロビで開かれ、日本では男女雇用機会均等法が成立した。韓国の女性開発院では、解放後の女性活動を総括して、韓国有史以来初めて、女性の歩みをたどる『女性白書』を出した意義深い年でもある。

通信創刊号には九人のメンバーが寄稿していている。そこには、当時の在日の状況や古き殻を剥ぎ、新しい在日女性像を描きながら「在日を生きる」姿がかいまみられる。現実の在日女性の暮らしは、日本社会の民族差別と、男性中心の儒教的性差別の二重構造の中で、文化から慣習にいたるまで男性をけなげに支えながら生きていた。

そういう生き方から解き放たれ、自立、自覚をもった在日女性として生きるべく、模索しながら学習の場は続いた。「在日」の一人として積極的な生き方を模索している女性たちが、さまざまな問題に直面しており、「在日」を問うことがすなわち、これまでの女性の生き方を問うことであるという意識をもつようになる。しかし、その後中心メンバーの結婚や出産が相次ぎ、定期的な勉強会を中断せざるを得なくなり一九九二年に休会となった。その時のメンバーの多くが、旧日本軍「慰安婦」問題にかかわり、「従軍慰安婦ヨソンネットワーク」を立ち上げた。現在、フェミニズム運動の中心的な役割を担って、在日女性たちのオピニオン・リーダーとしても活躍している。

またその一年前の一九九一年には、同人誌『鳳仙花』が誕生した。異国での差別や生活苦、儒教風土の中でのさまざまな桎梏にあらがいながら、戦前戦後を生き抜いたオモニたち、祖国の分断による二分化された在日社会に翻弄され苦悩する文章は、多くの女性たちの共感を呼び起こした。創刊から十七年、女であるがゆえに忍従の生活を強いられた過去、分断による政治に翻弄された過去を、人権という視点で捉えようとする文章が目を引く。誌面を通して多くの課題もみえてくる。顧みれば、在日を生きる普通の女性たちの等身大の暮らしを映し出した女性史、生活史としての記録ともなっている。

しかし、こういう流れとは逆に、一方では、既成の価値観で女性を鋳型に嵌めこもうとした古い考えが在日社会の大勢を占めていた時代でもあった。夫と連れだって出席したある結婚式で、夫の先輩と同席になった。その先輩が初対面の私たちに、「ウリジプ　パプチェンイ」（わが家の飯炊き）と妻を紹介した。一瞬、私はアッパーカットを食らったような、めまいに襲われた。まるで自分が侮辱されたようで、彼の妻の顔をまともに見ることができず、うつむいていたことを憶えている。先輩の妻は、わたしより五歳ほど年上でその年代の在日女性としては珍しく大学を出ていたインテリ。地域でもリーダー的な役割を担っていて、女性同盟の委員長としても活躍した人だと後から聞いた。男の甲斐性でセカンドワイフをもっていてもまだまだ許されていた時代だから、一世男の友人の前でのテレもあってのジョークだろうとは思うが、私はとても許せなかった。何度も唇をかみ締めながら、必死でその日はやりすごしたが、私はそれ以来彼と会うことはなかった。「ウリジプ　パプチェンイ男」のイメージが離れなかったからである。今、同じ場面に出会ったとしたら私はどう反応するだろうか。

あれから長い年月を経て、夫を大統領にしたヒラリー・クリントン上院議員が米国史上初の女性大統領をめざして挑戦した。しかし「ガラスの天井」を今回は打ち砕くことが出来なかった。民主党候補指名撤退演説の中で「今も女性に対する障壁や偏見は存在する。最も高く、最も硬い『ガラスの天井』を今回は打ち砕くことが出来なかったが、そのガラスには一八〇〇万のヒビが入っている」（朝日新聞夕刊二〇〇八年六月九日）と言って、長かった激戦の指名レースから退いた。ガラスの天井とは、下からはわからないが、昇るとぶつかる見えない壁、男女平等が建前の米国で、実際には女性の昇進がいかに難しいかを形容する言葉だという。

女性の社会進出の先進国と思われている米国でさえも、いまだに性差別は社会風土としても職場にも厳然と存在していることに唖然とした。「大統領は男であるべきだ」という意識なのである。今年の三月八日の「国際女性デー」で、ある黒人女性が「黒人のオバマ氏に差別用語を使ったら、その人は終わりでしょう。でも、ヒラリーに女性を侮蔑する言葉を使っても誰も騒がない」と、公平さに欠けるメディアの扱いに疑問をなげかけていた。性別格差ランキングでは米国は前年の二三位から三一位に下落、二〇〇六年のフルタイムの労働者の収入は、男性の七七パーセントにすぎない（朝日新聞二〇〇八年三月二七日）。

ヒラリーの支持者の中には働く女性たちが多かったという。「ヒラリーが女性だから投票するのではない。でも初の女性大統領が生まれたら、それは素晴らしいことだと思う」「もしヒラリーが大統領になれたら、私もなれるかもしれない」と、ヒラリーの挑戦は、「見えない性差別」に直面する米国の女性たちに希望を与え、自らの人生を重ね合わせているのだという。

今回の民主党候補指名争いのレースを通して、社会風土としても職場にあっても性差別が厳然と存在している現実に腹立たしさを覚えつつ、ヒラリー上院議員と最後まで共に戦った夫であるクリントン元大統領の姿に、さすがジェンダーフリーの先進国だと羨ましく思った。残念にも今回は「ガラスの天井」を打ち砕くことはできなかったが、ヒラリーの挑戦はこれからも続くだろう。宇宙飛行士になりたくて、十四歳でＮＡＳＡ（米航空宇宙局）に手紙をだしたヒラリーは、「女はだめ」との返信を受け取り、「生まれてはじめて、勤勉と決意をもってしても、克服できない障害があるとわかった」（天声人語二〇〇八年六月五日）という。しかし、六十歳にして、米国史上初の女性大統領に立候補したヒラリーのこと、「ガラスの天井」を打ち砕くべく、更なる挑戦はこれからが本番となるだろう。そして彼女自身によって「老いへの神話」は、覆されるに違いない。

それにつけても、結婚式でのあの「パプチェンイ」の言葉が、いまもにがにがしく蘇ってくる。女たちが「パプチェンイ」として生き、逆らうことなく、流れに添って生きなければならなかった時代に、はたして幸せな歴史があっただろうか。「めんどり」が鳴かなければ、「おんどり」はひきたたない。また勇気ある「おんどり」がいてこそ、「めんどり」の実力も発揮できる時代なのである。

（初出『地に舟をこげ』三号、二〇〇八年）

民生委員への道開け

最高裁は、東京都が外国籍職員の管理職昇進試験の受験を拒否したことを合憲とする判断を下した。高知県や川崎市など各地の自治体で、国籍条項を廃して公務員採用や管理職登用に門戸を開く流れが広がりつつある中で、ブレーキがかかるとすれば残念だ。

私は、現在は日本人にしか認められていない民生委員や人権擁護委員についても、在日コリアンらにも道を開いてほしいと願っている。この件では、滋賀県の米原町が昨年六月、国籍条項の撤廃を求める要望書を内閣府の規制改革・民間開放推進室に提出したことに注目したい。

私はこの動きを知り、民族文化や生活習慣の違いのため介護保険制度などの恩恵を受けにくい在日一世高齢者のことが脳裏をかすめた。ひとり暮らしの高齢者は言葉の問題、非識字の問題、無年金問題など、日本社会でのバリア(障壁)がいくつもある。そのバリアを除くためにも、米原町の提言に耳を傾け、外国籍住民の民生委員や人権擁護委員を各市町村に置くべきではないかと思う。

「日本人の差別意識や言葉、文化の違いが大きな壁となって、生活や文化についての悩み事を誰にも相談できず苦しんでいる外国人が多い。もしも人権擁護委員や民生委員のなかに外国人が含まれていれば、問題を抱える外国人も相談しやすいはず」。要望書は、こう指摘している。

米原町は一九八八年に人権擁護の町を宣言、二〇〇二年三月に実施した町村合併に関する住民投票では全国で初めて永住外国人の投票資格を認めた。同町が投じたこの一石は大きな役割を果した。動

きはその後各地の自治体へと広がり、外国籍住民に住民投票権を認める条例を定めた市町村はざっと一五〇にのぼる。

現在、在日コリアンは全国で約六二万五千人いるが、その内六十五歳以上は八万四千人余り。在日社会も高齢化が進んでいる。

在日一世で八十八歳の私の母は文字を持たない。ふだん使っている言葉も、慣れ親しんだ人でないと理解できないことが多い。シルバー・デイケアセンターに通っているが、歌の時が一番つまらないという。「アリラン」は歌えても、「故郷」のような日本の唱歌は歌えないからである。

母のような高齢者、特に孤独なひとり暮らしの高齢者にとって、同じ歴史や文化的背景をもつ在日コリアンの民生委員や人権擁護委員が悩みを聞いてくれ、相談にのってくれたら、どんなに心強いことだろう。

地域住民である在日コリアンが、民生委員や人権擁護委員として活躍できる日がくれば、異文化交流もはかれ、ともに生きる地域社会を潤すことに寄与するはずである。その日が一刻も早くくることを願いたい。

（初出『朝日新聞』オピニオン、二〇〇五年一月二十九日付）

『季刊三千里』と「アンニョン ハシムニカ・ハングル講座」

「三千里世代」

「三千里世代」という言葉をきいたことがあるだろうか。現法政大学教授の高柳俊男氏が大学一年生のとき、たまたま書店で『季刊三千里』を手にし、「NHKに朝鮮語講座の開設を要望する会」（以下要望する会）の記事を目にする。身近な隣国なのに、NHKに講座がないのはおかしいと、この運動に積極的にかかわり、多くの署名を集めた。それが今日まで続く韓国・朝鮮とのかかわりの原点になったという。そして「三千里と共に勉強し、成長させてもらったという点で自らを『三千里世代』と称しています」と語っている。同世代では、立命館大学教授の文京洙氏や新聞テレビなどでも大活躍の姜尚中氏なども「三千里世代」と言えるだろう。今年は『季刊三千里』が創刊されて四十年、「三千里世代」の人たちがいつの間にか定年を迎えようとしている。

「NHKに朝鮮語講座の開設を要望する会」の発足

そもそも「要望する会」発足のきっかけは、『季刊三千里』第四号（一九七五年十一月発行）で哲学者久野収氏と作家金達寿氏の対談「相互理解のための提案」で、久野氏がNHKに「スペイン語があって朝鮮語がないとは、これは全然いけません」と述べ、朝鮮語講座の開設を要望する署名運動を提案した。

この提案を受け、後にこの会の事務局長となる矢作勝美氏は、久野収氏や中野好夫氏らと相談して署名運動のアピール文や「NHKに朝鮮語講座開設を要望する会」という会の名称などを決める。呼びかけ人には、久野収、井上光貞、上田正昭、大野晋、木下順二、千田是也、鶴見俊輔、山本薩夫など著名な文化人諸氏が四十人にものぼった。

年が改まってまもなく矢作勝美氏は、『季刊三千里』第五号（一九七六年二月発行）に「NHKに朝鮮語講座を」を寄稿した。その中で、朝日新聞の「声」欄に、在日の高淳日氏が投稿した「NHKに鮮語語講座を開設して」（一九七四年十一月二六日）にも触れながら、市民運動としてNHKに開設を申し入れるにいたったのは「学術文化の相互交流、真の意味での善隣友好をはかるためには、互いに言語を尊重しコトバに通じ合うことが先決である」という考えに基づくものであると述べている。当時高淳日氏は文化、学術面で優れた業績を挙げ、在日社会に貢献した個人や団体を対象に「青丘文化賞」を授賞していた。最近は『始作折半』を出版され話題になっている。

一九七六年四月、三千里社を拠点にして「要望する会」が市民運動としてスタートし、署名運動が開始される。日本人の問題として自主的に提起された「要望する会」の運動は、やがて多くの日・韓の市民ボランティアの支援と協力によって広がりをみせていった。この運動の費用はすべて個人のカンパによってまかなわれ、カンパの総額は八三一、五六六円にも達したという。

当初この会の運動に対するマスコミの反応は大変好意的であった。中野好夫氏は朝日新聞に「まず言葉から――NHKに朝鮮語講座を」(一九七六年五月二四日)を寄稿し、支援と協力を訴えた。朝日新聞「天声人語」、読売新聞「編集手帳」、東京新聞「放射線」などをはじめ地方紙にも大きくとり上げられ、朝鮮語への関心が急速に高まっていった。その後、韓国語か朝鮮語かなど呼称問題ではかなり長い間議論が交わされたが、一九八四年「アンニョン ハシムニカ・ハングル講座」として開設された。以後二十四年間にわたり、テレビとラジオ同一タイトルで放送されたが、語学講座の刷新により、ドイツ語・フランス語・スペイン語・イタリア語・中国語と共に、二〇〇八年から「ハングル講座」と改められた。

韓流ブームを背景に学習者急増

振り返れば、この時期、日本人の間で朝鮮語を学ぼうとする人が増えたこともあるが、当時の永井道雄文相が聖心女子大学での講演「教育の流れは変わる」で、「世界の変化にあわせて日本人が国際化するためには、英語は中学から勉強するのに、隣国の言葉である朝鮮語は大阪外語大と天理大でしか教えていないといった矛盾を克服せねばならない」と述べたこと(東京新聞一九七五年五月二七日)。この永井文相の構想に基づき、東京外国語大学での朝鮮語科復活(一九七七年)や富山大学での朝鮮語・朝鮮文学科の新設(一九七七年)など、大学における朝鮮語(あるいは韓国語、コリア語)科目の開設が増加した。一九八一年には、国公立・私立あわせて五〇から一九八八年国公立二一私立四三計六四、一九九三年国公立四〇私立七五計一一五と急速に増えていったのである。

特に一九九五年度から二〇〇四年度にかけては、一四三校から三六九校に大幅に増えているが、その背景には、まず二〇〇一年度の大学入試センター試験の外国語科目への韓国語の採用が挙げられる。また、二〇〇二年の「日韓ワールドカップ」共催、二〇〇三年にNHKで放送された韓国ドラマの『冬のソナタ』などによる韓流ブームが挙げられる。これらの人気をもとに韓国語学習者が増加したと思われる。二〇一一年度の実施校は四五一校とさらに増え、韓国語教育は、年々拡大する傾向が示されている。

次にこの運動の拠点となった『季刊三千里』について紙幅の許す範囲内で触れてみたい。

『季刊三千里』創刊

『季刊三千里』が創刊されたのは、一九七五年二月。編集委員は、在日一世の金達寿氏、姜在彦氏、李進熙氏、朴慶植氏、金石範氏、李哲氏、尹学準氏の七人で構成された在日を代表する知識人たち。社主は十三年間雑誌の財源を支えた実業家で、資金は出すが、口は出さないというスケールの大きな徐彩源氏。後に在日二世の姜尚中氏や文京洙氏が加わり当時の在日の知識人を総動員し、日本社会の朝鮮認識を正す文化運動としてスタートを切った。

創刊辞は下記のように格調高いものである。

朝鮮をさして「三千里錦繡江山」ともいう。「麗しい山河の朝鮮」という意味である。『季刊三千里』には、朝鮮民族の念願である統一の基本方針を示した一九七二年「七・四共同声明」にのっとった「統一された朝鮮」を実現するための切実な願いが込められている。一衣帯水の関係にあると言われながらも、朝鮮と日本とはまだ「近くて遠い国」の関係にある。我々は朝鮮と日本との間の複雑によじれた関係を解きほぐし、相互間の理解と連帯をはかるための一つの橋を架けていきたい。

『季刊三千里』が積み上げた功績

『季刊三千里』は五〇号で終刊となるが、当時の著名な知識人司馬遼太郎、上田正昭、大江健三郎、旗田巍、日高六郎、飯沼二郎諸氏などと挙げればきりがないほどの日本人文学者や研究者、ジャーナリストたちに朝鮮を語らせている。飯沼二郎氏は『季刊三千里』が十三年間に積み上げた功績は三つあると言っている。その一つは南北に偏らない自立的立場に貫かれていること、二つ目は日本人の目を複眼的にしてくれること、三つ目は在日の問題が単に彼らだけの問題ではなく、日本人自身の問題だということへの理解を助けたこと、在日朝鮮人の人権が守られていない限り、日本の民主主義は本物でない、と語っている。当時『季刊三千里』は多くの大学で副教材としても採用された。

この時期在日コリアン社会は、世代交替が進み、新たなアイデンティティーとの葛藤や生き方を模索しなければならないという問題に直面していた。日本で生まれ育ち、日本語を母語とする二世三世たちの、定住志向を前提にした在日コリアン史が始まる頃で、「在日を生きる」というフレーズを新聞、雑誌でよく目にしたものだった。「アンニョン　ハシムニカ・ハングル講座」開設は、在日コリアンにも日本人にとっても、時宜に適ったものだった。

現在の「ハングル講座」には、上述のように『季刊三千里』誌が「要望する会」運動の拠点となり

「アンニョン　ハシムニカ・ハングル講座」開設を実現させ、「三千里世代」がその運動の中心を担ったという前史がある。そのことを記憶に留めておきたい。

（参照資料『季刊三千里』四号・五号、李進熙『海峡』（青丘文化社）、文嬉員・金美淑共著「日本の大学機関における韓国語学習」愛知学院大学教養部紀要　第六一巻第四号）

（初出『高麗博物館会報』四三号、二〇一五年）

植松峡山先生作「季刊三千里と季刊青丘」

第3章 かけはし

清里銀河塾の集合写真

ハナミズキと「アリラン慰霊のモニュメント」

一九八五年十月二十六日、「日韓交流明暗の歴史」の講演会場憲政記念館には、中曽根首相夫人をはじめ国会議員が大勢参席していた。当日の講師から女性たちの集まりだからと誘われ物見遊山で出掛けたのだが、会場の雰囲気にすっかり圧倒されてしまった。

主催者を代表して日韓女性親善協会の相馬雪香会長が「不幸な過去を克服するために、いま何をなすべきか」と未来志向での日韓親善の必要性や重要性について力説された。まだ一九八八年のソウルオリンピック前で、韓国に対しては蔑視する風潮が色濃く、欧米志向が強かった。そんな頃に在日韓国人講師を招いて講演会を開こうとする相馬会長の見識にすっかり魅了され、私はすぐに日韓女性親善協会に入会したのだった。

ハナミズキの由来を知ったのは、相馬会長にお会いしてからだから四半世紀以上になるだろう。相馬会長の父は憲政の神様と言われた尾崎行雄氏。氏が東京市長だった一九一二年、ワシントンへ三千本のサクラの苗木を贈り、その返礼としてハナミズキの苗木四十本が贈られた。尾崎行雄氏ゆかりの憲政記念館には戦禍をくぐりぬけ見事な孫木となって殖えつづけている。

毎年ポトマック河畔ではさくら祭りが開かれ、二〇一二年には「尾崎咢堂・ワシントン桜寄贈一〇〇年記念フォーラム」が開かれた。奇しくも相馬雪香生誕百周年の年でもあった。戦争という過去のいまわしい歴史を乗り越え、友好と親善のシンボルとして咲きつづけている。

韓国と日本との間には、いまもなお難問をかかえギクシャクとした関係がつづいている。特に従軍慰安婦問題について、オバマ米大統領が「ひどい人権侵害だ」と指摘。それに対して「筆舌に尽くしがたいおもいをされた慰安婦の方々のことを思うと胸が痛む」と安倍首相は答えている。米国では、女性の人権と尊厳に対する認識を高めようと、慰安婦にされた女性たちを象徴する「平和の少女像」が、カリフォルニア州グレンデールに続きミシガン州のデトロイト郊外にも設置されることが決まったという。

日本でも、一九九七年、山梨県の「平和を語る会」が、元従軍慰安婦の霊を慰めようと沖縄県渡嘉敷村に「アリラン慰霊のモニュメント」を建立した。それは那覇市内で誰にも見取られることなく腐乱死体で発見されたペ・ポンギ元慰安婦の死に、深い悲しみと責任を感じた会の代表橘田浜子さんらが全国に呼び掛け、五年の歳月を経て完成させた。日本人の真心と韓国人の願いが一つになって結実した貴重な証しであり和解のシンボルとなっている。

殴った側の良心がシクシクと痛み、それが殴られた側に感じとれれば、過去の負の遺産を和解の道標へと転換することもできるのだ。ハナミズキの由来や「アリラン慰霊のモニュメント」はその証しと言えよう。安倍首相の「胸の痛み」はどんな形で象徴されるのだろう……。

（初出『東洋経済日報』二〇一四年五月三十日付）

スシとキムチを食べながら相手を嫌う韓日両国

梅雨の最中の六月二十一、二日の二日間、「みんなのまつりinたづくり」が私の住む調布市の文化会館「たづくり」で開催された。市民との交流をはかるという目的のもとに「たづくり」利用団体が一年間の活動成果を披露するおまつりである。このおまつりに調布九条の会「憲法ひろば」は、慶応大学の李洪千氏に、「韓国の人たちが見る今の日本」というタイトルで講演を依頼した。

あいにくの空模様のせいか満席にはいたらなかったが、蝶ネクタイ姿でにこやかに登壇した氏を参加者は温かい拍手で迎えた。こういう演題で蝶ネクタイ姿の講師には初めてお目にかかった。一瞬オペラ歌手かと思ったほど。会場の空気も心なしか重々しいものからリラックスムードに。李洪千氏は重いテーマを軽妙な語り口でさわやかに聴衆になげかけてくる。

「スシとキムチを食べながら相手を嫌う日韓両国」には、思わず吹き出してしまったが、実に言い得て妙だ。両国関係の現状を見事に表現しているではないか。「韓国人を日本から叩き出せ」と罵詈雑言を浴びせておきながら、デモの帰りには、その嫌いな国のキムチや焼き肉を食べたくなり、「焼肉、いかない？」な～あんて言ったりして、などと皮肉を混じえながらの巧みなお話にぐんぐん引き込まれていった。

聴くに耐えないヘイトスピーチを野放しにしている日本社会、しかし「レイシズムは日本の恥」とこれに対抗してプラカードを掲げ路上を行進している日本人。氏は「嫌いなのは国で人ではない」、

国政レベルではなく、「あなたとわたし」がwin winの関係を築くことが大切。そのためには、「あなたとわたし」が互いの悩みや苦しみを知り、少しずつ距離を縮め理解しあうことではないのかと。全くその通り。

日本滞在歴十五年、四十六歳ならばこそ、自国も日韓関係も客観視できる、まさにグローバル時代を生きている世代。肩をいからせて「正論」をぶつのではなく、未来に向けての現実的で生活感のある話に、いつしか身も心もほぐされていくようだった。しかしながら「善意の植民地があるのか」の項目では、勝手に他国を侵略して被害や苦痛を与えておきながら、近代化してやったのだなどという日本側の妄言には、ネガティブな国民感情をあらわにした。ナショナリズムのコントロールがきく世代ではあるが、歴史の事実には目を背けることなく、歴史認識にぶれはない。

膠着したままの日韓関係がいつまでつづくのかと、もどかしくもなる。しかし、外交は国家間の駆け引き、あまり悲観的にはなるまい。氏のように柔軟でかつ現実的に捉えられる世代が、きっと次のステップへの糸口を掴んでくれるだろう。いま私にできること、まずは、この町で「スシやキムチをおいしいと思える人と人の輪」を無数に繋げていくことではなかろうか。

（初出『東洋経済日報』二〇一四年七月十八日付）

キムチは韓国語それとも日本語？

最近は、どこのスーパーに行ってもキムチコーナーが常設されているので、韓国渡来の食品ということを知らない人もいるようだ。キムチは韓国語？　それとも日本語？　と訊かれたのには驚いた。キムチの他にチジミやビビンパプ、焼き肉などはもっともポピュラーだ。先日あるレストランに入ったところチョレギ（和え物）やスントウブチゲなどというメニューがあったのには二度驚いた。どの料理にもニンニクを利かせているので、最近は「ニンニク臭い」日本人にも多く出会う。嫌韓、反韓などと騒いでいるにもかかわらず、食文化はどんどん生活に浸透していて国境がなくなって久しい。好ましい現象だ。

韓国からのみやげでもっとも好評なのはキムチだそうだ。海外輸出向けにすてきにパッケージされているからかもしれない。夫が亡くなってからは全くキムチを漬けなくなったので、私もキムチのみやげはとても嬉しい。

母が若い頃に漬けていた白菜キムチは具沢山で、イカやアミや牡蠣やしこいわしなどの自家製の塩辛などを入れたコクのある味だったが、韓国からみやげにもらうキムチとはひと味違う。韓国産は深いコクは感じないが、白菜がシャキッとしていて母のキムチに比べれば淡泊でマイルドな味だが、それなりに美味しい。水分が少なくてシャキッとした食感もいい。キムチに入れる具はその家によっても違うが、唐辛子、ニンニク、大根と魚介類の塩辛は必ず入れる。懐具合によっては、イカ、牡蠣、

タラ、あわびなどの魚介類や松の実などのナッツ類、栗、棗や柿などの果物も加わる。それらの具がたくみにブレンドされ、発酵してウマミのあるハーモニーを醸し出すのだ。まるでオーケストラが奏でるシンフォニーのように。

日本ではペチュ(白菜)キムチとオイ(きゅうり)キムチ、カクテキ(大根の角切り)などがポピュラーだが、キムチには一夜漬けからひと冬保存のものまで含めると、七、八十種類はあるといわれている。韓国ではキムジャン(キムチ漬け)・ボーナスまで出るお国柄、キムチ漬けは晩秋の風物詩ともなっている。キムジャンは昨年十二月、ユネスコの無形文化遺産に登録決定された。

料理の塩加減や出来上がりのタイミングとかに気配りできる人のことを「美味しい手」の人と言うそうだが、キムチ漬けに「美味しい手」の女性たちが競いあうシーズンでもある。でも最近韓国でもデパートで買ったキムチがそのまま食卓に載っている家庭が多くなり、「美味しい手」をもった女性よりもチマ・パラム(スカート風＝転じて教育ママを意味する)の強い女性たちが威力を発揮する社会になっているようだ。私の日本の友人も漬物は買うものと思っている。韓国も日本も女性の生き方が変わったのだ。いまやキムチは社会を映す鏡といったら大袈裟だろうか?

(初出『東洋経済日報』二〇一四年十一月二十一日付)

「故郷の家・東京」の着工記念式に参加して

在日高齢者のための老人ホーム「故郷の家・東京」の着工記念式が、三月十七日柳興洙駐日韓国大使、鳩山元首相をはじめ国会議員や関係者諸氏の参席のもとに行われた。社会福祉法人「こころの家族」尹基理事長の長年の宿願がまた一つ叶った。この朗報を共に喜びたい。

母が亡くなって六年になるが、母を遠距離介護しながら、在日一世のための老人ホームが東京にできたらとどれほど待ちわびたことだろう。母のような在日一世の高齢者にとっては、どんなに施設が立派で介護士たちの手厚い介護があっても、歴史や民族性や識字のことを考えると、日本の施設は心安らぐ場ではない。生活習慣や文化の違いを意識することなく同じ時代を共有する在日一世の高齢者たちが、のびのびと誰はばかることなく懐かしい昔話に花を咲かせ民族音楽が流れる中キムチやチヂミを食し、あるがままに寛げ愉しく余生を送れたらどんなにいいだろうか。そういう場がやっと東京にもできるのだ。

尹基氏が在日一世のための老人ホームを作ろうと思ったのは、老人の孤独死や遺体の引き取り手がなかったことを新聞記事で知ったのがきっかけだったという。老いて故郷を思い身寄りもなくさびしく逝ったであろうと心を痛めた氏は、同胞専用の老人ホームの必要性を「朝日新聞」紙上に提唱する。そして一九八五年、駐韓日本大使を務めた金山政英氏を会長に、日本の各界から四五一人が発起人となって「在日韓国老人ホームをつくる会」が発足した。そして日韓の垣根を越えて広く募金活動を展開し、民団や韓国商工会議所、婦人会などがバックアップした。また、菅原文太氏が建設資金の寄付呼び掛けに尽力したことは周知のとおりである。そして一九八九年、悲願の「故郷の家・堺」が完成し、故郷のように心安らぐ場がやっとできあがった。

さらに氏は、在日一世が多く居住する地域に特別養護老人ホームが必要だと説き、まずその第一歩として阪神淡路大震災で大きな被害を被った神戸市長田区に「故郷の家・神戸」をオープンさせた。続けて「故郷の家・京都」、そして東京は四番目の老人ホームとなる。

尹基氏の母田内千鶴子氏は韓国の孤児三千人を育て、孤児たちのオモニとして慕われた。氏の著書『母よ、そして我が子らへ』（新声社）は一九九五年日韓合作映画『愛の黙示録』として映画化され、その苦難の生涯は広く知られることとなった。植民地時代、伝道師であった父尹致浩氏と奉仕活動をしていた日本人の母田口千鶴子さんは結婚するが、朝鮮動乱のさなか夫が行方不明になる。一人残された妻の千鶴子さんは言葉も不自由なうえに反日感情の強い異国で極貧の生活の中、孤児を守り育てた。その功績が高く評価され文化勲章が授与されるが、一九一二年木浦で生涯を閉じる。その母が最期に「梅干しが食べたい」と言って亡くなった。母のその言葉が在日一世の高齢者がキムチを、日本人は梅干しを食することのできる「故郷の家」建設へと向かわせ、尹基氏の長年の奮闘の日々が続くのである。東京開設は二〇一六年十月予定。温かい支援の輪が広がることを切望する。

（初出『東洋経済日報』二〇一五年四月三日付）

田内千鶴子記念音楽会、サントリーホールにて（2016年）。左端は尹基「こころの家族」理事長、右端は朴勝裕指揮者。後列は出演した朴桂、金美玉、金善希オペラ歌手の皆さん。

人質にされた息子

パリ同時多発テロにより妻を失ったジャーナリストアントワーヌ・レリスさんの「憎しみという贈り物はあげない」というメッセージを読みながら、私は十九年前のあの事件を思い出していた。

一九九六年十二月一八日、ペルーの首都リマにある日本大使公邸で天皇誕生日を祝うレセプション会場が、ＭＲＴＡの武装ゲリラに占拠された「日本大使公邸人質事件」である。息子がペルーＭ商事に社長補佐として駐在していた三十二歳のときだった。

この事件は昼夜別なく新聞、テレビで中継報道され、日本中の耳目を集めた。私は現地からライブで伝えられるテレビ画面に磁石にでも吸い寄せられたかのように釘付けとなっていた。しかし、武装ゲリラに占拠されたということが繰り返し報道されるばかりで、人質たちの安否を知る手がかりは得られず、不安は極度に達していた。Ｍ商事から公邸内の息子から、無事を伝える電話があったと知らせてきたのはどれほど経った頃だったろうか。携帯電話が没収される前だったことだけは確かである。隣にいる韓国の李元永大使も無事だとの伝言もあったので、私は直ちに東京の韓国大使館に李大使無事の一報を入れた。

丸一日たって、公邸内の様子がやっと伝わってきた。武装ゲリラはフジモリ大統領との直接交渉を要求。彼らはペルー社会の貧困問題をとりあげ、服役中の仲間全員の釈放と自分たちが立て籠る山岳地帯への安全移送、フジモリ政権の経済政策の見直しを要求してきた。そして自分たちの要求が受け

入れられない場合、「まず日本人外交官一人を殺す」と通告してきたことが明らかになった。不測の事態が起きて、ゲリラの暴発となるかも知れない、と不安はつのるばかりで食事も喉を通らなくなっていた。

二日後、韓国の李元永大使や他の外国人大使らは解放されたが、韓国籍である息子は日本企業人として扱われたため解放されなかった。事件発生から十一日目に、ペルー政府と犯人との直接交渉がやっと実を結び、マレーシア大使ら二十人が解放され公邸の裏門から出てきた。もしやその中に息子がいるのではないかと息を殺してテレビを凝視していると、髭ぼうぼうの息子の姿が画面いっぱいに映し出された。張り詰めていた緊張が一気にほぐれ、じわっと熱いものが込み上げてきた。何と長く辛かった十一日間だったことか。

パリ同時多発テロ事件以降、フランスは「イスラム国」（ＩＳ）への攻撃を拡大して、空爆を強化している。レリスさんは「怒りで憎しみに応えるのは、君たちと同じ無知に屈することになる」と、表明している。愛する妻や残された幼い息子のことを思えば胸は張り裂けんばかりであろう。にもかかわらず、報復、殺戮の連鎖を繰り返してはならないと戒めている。

息子が囚われた悪夢のようなあの事件を思い出す度に、若いコマンドやあどけない少女たちが容赦なく射殺される映像シーンが、再現フィルムのように蘇ってきていたたまれなくなる。

（初出『東洋経済日報』二〇一五年十二月四日付）

第十三回「清里銀河塾」に参加して

八ヶ岳の裾野に広がる清里で、六月二五日から開催された十三回「清里銀河塾」に参加する幸運に恵まれた。白樺林の風のそよぎや虫の音、高原の澄んだ空気をいっぱい吸い、素晴らしい出会いと感動の数日を過した。

銀河塾は、二〇〇六年に河正雄氏が韓・日の次世代を担う若者が浅川巧生誕の地で浅川兄弟の功績に学び、国際人としてどのように歩み、友好親善に寄与貢献できるかを問う私塾としてスタートさせた。

「銀河塾」のコンセプトは国や民族を超えて「響きあう心」。そのテキストとして、塾のプログラムはまず『道~白磁の人』の映画鑑賞から始まった。この映画は言葉も名前も奪われ、民族そのものが否定されようとした時代に、パジ・チョゴリを着て朝鮮語で朝鮮人と接し、韓国のはげ山の緑化に奔走する中で、民族の壁、時代の壁を乗り超えて友情と信頼を育んでいく浅川巧の慈愛に満ちた生涯を映像化したものである。

二日目は「浅川伯教・巧兄弟資料館」の澤谷滋子館長による講演があり、浅川伯教・巧兄弟の生涯の軌跡を辿りながら、「浅川巧の生き方――時代の制約の中で如何に生きるか」について学んだ。終了直後に、予想もしなかった朗報が届き、韓国から参加した清涼高校生が制作した「浅川伯教・巧兄弟」のDVDを鑑賞することとなった。短編ではあったが浅川兄弟の軌跡がよくまとめられていて、学生たちがどのように浅川兄弟を理解しているかが伝わってきた。感動のあまり澤谷館長が「DVD、当館に寄贈してください！」と請われたほど。河正雄塾長をはじめ小澤龍一塾長代行や澤谷滋子館長が長年にわたり次世代に「響きあう心」の種を蒔き続けてこられた「銀河塾」で一枚のDVDによって「響きあう心」が強く共振した瞬間である。

昼食後、地元有数の進学校といわれる北杜市立甲陵高等学校に移動し開催中の「紫蝶祭」を見学。そのプログラムの中に、甲陵高校生と韓国の学生たちとの交流の場が設けられていた。「韓国の学生たちは何時間勉強するの」など身近な質問も飛び交ったが、特に印象に残ったのは「浅川巧について学んだことをどのように生かしていけばいいのか」との甲陵高等生の自問自答する言葉だった。

私が浅川巧のことを知ったのは、夫が勤務していた大学の学生たちから、課外ゼミで、ソウルに着くと、まず忘憂里の丘に眠る浅川巧の墓に直行し、墓の周りの草むしりをすませる。そして日本から持参したお酒を供えて韓国式にクンヂョル（再拝）をし、それが終わると浅川巧について研究発表するのが慣例になっているという話を聴いてからである。以来浅川巧に関する書物を読み、ゆかりの地を巡りながら畏敬の念がどんどん膨らんでいった。あの感動の日から二十数年の歳月が流れ、私は浅川巧ゆかりの地に招かれ、「言葉の交差点をめざして」という演題で話す機運に恵まれた。「清里銀河塾」に参加した皆さんに私の言葉はどのように届いただろうか……。

（初出『東洋経済日報』二〇一六年七月一日付）

水崎林太郎と曽田嘉伊智

植民地時代、大邱の治水事業に貢献した水崎林太郎のことを知らせてくださったのは「清里銀河塾」でお会いした松本在住の作家原健一郎氏である。奇しくも浅川巧の精神に学ぶ「清里銀河塾」で水崎林太郎の功績を知ることになろうとは……。後日、氏が送ってくださった雑誌『群峰』(三五号、二〇一五年)で水崎林太郎をしのぶ追悼式が韓国の大邱で開かれ、地元の人たちが守ってきた氏の墓の前で、参加者は日韓の絆の大切さをかみしめたとテレビでも報道されたことなどを詳しく知った。

水崎林太郎は岐阜町長を歴任した後、一九一五年に衆議院議員に立候補したが落選し韓国に渡って花弁栽培を始める。そこで、干ばつや洪水に苦しむ農民の姿を見て、治水事業に取り組むことを決意し、朝鮮総督に直談判して支援を要請するが断られる。だが粘り強く説き伏せ、十年もの歳月と多大な苦難をのり超えて、ついに寿城貯水池を完成させた。この貯水池のお蔭で荒野は二五〇万坪(東京ドーム一八〇個分)超える美田に生まれ変わり、貯水池はいまも大邱市民の憩いの場になっているという。

水崎林太郎は大邱で生涯を閉じるが、「寿城貯水池の見えるところに眠りたい」との遺言によって寿城貯水池を見下ろす丘に氏の墓は建てられ、長い間地元の徐彰教氏一家らが守ってきたという。

七月二十三日、サントリーホールにて、韓国光州女性フィルハーモニックオーケストラによる「田内千鶴子記念音楽会」が開催された。田内女史の慈愛に満ちた生涯が心に染み渡るようなコンサートで聴衆を魅了した。韓国の孤児を育てた慈母・田内千鶴子の業績については、今更言及するまでもなく周知のとおりである。

同じく韓国の棄児と迷児の保育事業に生涯をかけ、日本の敗戦までに韓国の孤児を育て、孤児たちからハヌルハラボジ（天の祖父）と敬慕の念をもって呼ばれた曽田嘉伊智については水崎林太郎同様あまり知られていない。曽田嘉伊智の葬儀は国葬に準ずる社会葬で、見送る沿道には二千名が詰めかけ心から泣き悲しんだという。墓は漢江を見下ろす楊花洞の外人墓地にあり、黒御影の石碑には韓国の書芸第一人者と言われる金基昇教授によって「孤児の慈父　曽田嘉伊智先生の墓」と刻まれている。高名な詩人・朱輝翰は次のような弔詞を詠んだという。

こごえた手を／胸に抱いて暖めてやり／痛む胸を／なでさすってやり／一生を遠しとせず／尊い道を歩いてきた／故郷というものは／特別にあるものではない／心をとどめたところこそ／ほんとうの故郷である。

曽田嘉伊智、水崎林太郎、田内千鶴子、浅川巧らは韓国の人々から尊敬され今もなお慕われている。韓国の土となった彼らは、植民地支配という厳しい時代に国境と民族を超えて、虐げられた側の人々に寄り添って痛みを分かち合った日本人である。あの時代にもこういう日本人がいたことを正しく位置づけ、植民地時代を一面的にみる誤りをしてはならないと思う。

（初出『東洋経済日報』二〇一六年八月五日付）

仁川を旅して

まさかのヒラリーの敗北で世界中がトランプショックに右往左往していた十日、私は仁川に向けて旅発った。仁川では九十年前の日本人家屋を再生した「仁川官洞ギャラリー」のゲストハウスに宿泊し、オーナー戸田郁子さんの案内で仁川近代化の痕跡地を巡ることに。

戸田郁子さんは「仁川官洞ギャラリー」と出版社「土香」を拠点に作家、翻訳家として活躍しながら、韓国人カメラマンの夫君と共に人と人をつなげる催しなどを発信している方。

仁川は、鎖国政策を執っていた朝鮮に、日本が軍事的圧力をかけ一八八三年に開港させた近代史の痕跡地が色濃く残っている港町。港に面した開港場一帯には、イギリス、アメリカ、ロシア、ドイツ、日本、清の租界が設けられ、異国情緒が漂っていたそうだが、日韓併合後の一九一四年租界制度は廃止され、外国租界の施設のほとんどは日本に接収され日本人住宅で埋め尽くされたそうだ。

渋沢栄一によって創立された日本初の「東洋紡績」（現東洋紡）が、仁川で本格的に操業開始したのは一九三四年。女性が賃金をもらって近代的な寮で生活できるあこがれの職場だったという。その跡地周辺に点在している日本人幹部の立派な家屋や職員社宅を巡りながら往時の繁栄ぶりが想像された。

「仁川近代博物館」には、開港直後に外国人がもたらしたマッチや縫い針など、当時の人々に驚きや喜びをもたらした暮らしにまつわる蒐集品がびっしり展示されていた。火打石で火を起していた時

代、女性たちにとってマッチはまさに文明開化のシンボル、今では想像もできないほどの貴重品だった。ひなびた漁村が、にわかに外国製品であるふれる町となり、鉄道が敷かれ、人や物資の往来が盛んになった仁川の歴史は、まさに、韓国近代化の縮図だと語る戸田さん。

目を疑ったのは、今にも壊れそうな廃屋を継ぎ足して暮らしているタル（月）トンネ（村・街）。ロマンティックな名からは想像もできないほどのスラム街で、現在も共同トイレを使用していたし、煮炊きも練炭だった。まるで時代に取り残されたようなタルトンネを目の当たりにして、朝鮮戦争後の彼らの厳しい避難生活に想いを馳せた。

戸田さんは学生時代、金素雲の講演で「人間は生まれた国の重荷を背負って生きていくのだ」という言葉が胸に響き、それをたしかめるために韓国に留学。日帝時代史を学び日本の植民地政策に翻弄された人々の痕跡地を探し求めた。そして仁川で運命的な日本式家屋と出会い、この家に住むことが歴史の痕跡をとどめることだと、柱や梁も当時のままにして住み、この地にどっしりと根を下ろしている。

仁川はアップダウンの激しい街、息を弾ませながら熱心に説明される戸田さんの姿に歴史を学んだ人の使命感の様なものがひしひしと伝わってきた。現在の平穏な暮らしは過去の辛く重い歴史の上に成り立っているのだと再認識させてくれた仁川の旅だった。

（初出『東洋経済日報』二〇一六年十二月二日付）

金・ベニサさんからのメール

『鳳仙花』二七号に寄稿されたサンタモニカ（カリフォルニア州）在住の金・ベニサさんからメールが届いた。ご夫君金光漢（キム・クァンハン）氏との哀しいお別れが二月にあったばかりで、つらく孤独な心情が切々と記されていた。

ベニサさんの父親は学生時代、大韓民国上海臨時政府で金九、安昌浩らと共に民族独立運動に参加し、その後日本へ亡命した。両親は日本で出会い結婚。特高の目を避けながら地下活動をしていた新婚生活はまるで映画『カサブランカ』を彷彿とさせるほどだったそうだ。そして、一九四四年十二月決死の覚悟で関釜連絡船に乗り無事帰国。ソウルでの放浪生活が続く中、朝鮮動乱が勃発し、父親が北朝鮮人民軍に拉致される。戦火の中をくぐり抜けながら、生き地獄のような避難民生活をしていた時に、ケアミッションという慈善団体を通して、アメリカ人夫妻と出会う。そして母親の就職、ベニサさんも毎月二十ドルの援助金と必要な物品の援助を受けることができ、アメリカに対して憧憬の念を抱くようになる。そして一九六〇年李承晩政権崩壊直後に渡米。ヘリコプターの講習を受けるためにアメリカにきていた金光漢氏と出会い結婚。以後半世紀に及ぶアメリカでの生活となる。

ご夫君の金光漢氏は、戦前、滞空日本新記録を樹立した経歴の持ち主で、一九八六年に出版された自伝『蒼空萬里』（一潮閣）は、多くの人々に夢と希望を与えた。氏は植民地下の一九三三年十八歳の時にパイロットになる夢を抱き渡日、堺水上飛行学校で三年間訓練を受けた後、二等飛行士と二級滑空士の資格を取得した。余すところ後百日間の飛行訓練を終えれば一等飛行士の免許が取れるはずだったが、旅客機の操縦士には、日本国籍でないとなれないことがわかり、大きな挫折を味わう。しかし、夢を断念するどころか氏は一大転換を図り、グライダーで世界新記録を樹立しようと決心する。そして一九四一年、ついに滞空時間十一時間四十分の新記録を達成したのである。波乱に満ちた人生は氏の自伝『蒼空萬里』に詳しいので省くが、その後朝鮮動乱時には空軍パイロットとして従軍、一九六〇年代には大韓航空（Air Korea）のパイロットとして勤務し、あこがれの大空を思う存分飛び回り夢を実現させた。

ご夫妻は日本、韓国、アメリカを戦前、戦中、戦後をまたいで激動の時代を生きてこられた。憧れのアメリカに移住してからの生活もまた苦難に満ちていた。その間に流したであろう涙の重さは計り知れない。しかし過去の怨念を超えて、サンタモニカは、もはやベニサさんにとってこよなく愛しい「故郷」となっている。現在八十三歳のベニサ夫人はカリフォルニアの海の近くにたたずむ閑静な住宅街の一角で、ご夫君と共に歩んだ数奇な人生を、記憶の残照の中で蘇らせながら穏やかに余生を過されている。

六月にいただいたベニサさんからのメールには、「息子夫婦（共に医師）は一〇年間のコロラドでの生活を切り上げ来月から西部ワシントン州に移ります。嫁のサンドラと交代で息子は当分休暇をとるそうです。悠悠自適な生活デス」と、近況を伝えてくれた。

（初出『東洋経済日報』二〇一五年八月七日付）

「李通信会」のこと

「ご命日にお焼香に伺ってもよろしいでしょうか」と「李通信会」の幹事遠藤和弘さんからメールが届いた。M大学で夫の授業を受講した学生たちが中心になり、江戸幕府と朝鮮王朝が二六〇年もの長い間善隣友好関係を築いたシンボル「朝鮮通信使」に、夫の姓を冠してネーミングしたのが「李通信会」である。

対馬藩で朝鮮外交を担う真文役雨森芳洲の「誠信の交わり」（互いに欺かず、争わず、真実をもって交わる）の精神をモットーに、卒業後も二十年以上続いている会である。主に韓国と日本の史跡や寺院、博物館などを巡っていて、まるで課外ゼミ、もしくは歴史移動教室のような雰囲気の旅を年一回以上行っている。

対馬の旅では厳原の長寿院にある雨森芳洲の墓参は欠かすことがなく、高月町の芳洲庵（雨森芳洲の思想や業績を顕彰するとともに東アジアとの交流と友好をめざす拠点として一九八四年芳洲の生家跡に建設された。研修室では芳洲や朝鮮通信使についての講座、国際交流、人権学習、まちづくりの講話を聞くことができる）にも度々訪ねている。

命日当日はあいにくの悪天候の中を花束や夫の好物のウイスキー、果物など抱えて訪ねてくれた。「李通信会」のメンバーが次々に線香をあげ、ウイスキーを注いで瞑目して手を合わせたり、または韓国式に再拝したり。その後みんなで遺影に向かって献杯。遺影はその日の私の気分次第で若い頃の

写真だったり、葬儀のときの遺影だったりと日替わりにしているが、当日は笑顔がはち切れんばかりの四十代後半のモノクロームにした。

やがて「李バー」のオープニングとなり、夫の思い出話は尽きることなく宴は夜更けまでつづいた。「李バー」とは、一日の旅を終え夕食後ホテルの一室で、夫を囲んで見学した遺跡などについての補足やおさらいなどをしながら無礼講で親交を深める場でもあったそうだ。「李通信会」の旅行の目玉イベントでもあったとか。

「李通信会」のメンバーとは毎年賑やかにわが家で暑気払いや忘年会が開かれていたが、夫が亡くなった後、海外赴任の長男の娘（受験生の孫娘）を預かることになり、みなさんも遠慮していた。昨年孫娘が大学生になり大学の近くのマンションに越したのを機に、禁足令がはずれ久しぶりに賑やかな一夕となった。メンバーは大学で教えている人、東京都の職員、税理士、一級建築士と多彩。それぞれの分野で活躍している企業戦士たち。この会が続いているのは、求心力となっている遠藤さんの遊び心と懐の深さだろう。

墓参を兼ねた「李通信会」の韓国旅行は、今年で五年目となる。宿願だった「朝鮮通信使」のユネスコ世界記憶遺産登録が今秋には実現しそうだ。「朝鮮通信使」研究の先駆者といわれた夫にとって何よりの朗報だろう。

日韓が協力すべき課題が山積しているいま「朝鮮通信使」に学ぶべきは何か……。雨森芳洲の「誠信の交わり」に学び、誠意をもって現状打破にむけて努力してほしい。

（初出『東洋経済日報』二〇一七年六月九日付）

KBS 海外同胞賞授賞式にて（2001 年 3 月）

幼き日々を思い出しながら

「語り継ごう『在日』」をテーマに、MINDAN文化賞が創設されて今年十回目を迎える。「孝道」エッセイコンテストから始まった文化賞だが、後に論文・論壇・詩歌・写真・絵画・ウリマル普及部門が増設された。

「孝道」エッセイ部門の審査に関わって今年で四年目になるのだが、毎年作品を読みながら感じるのは、MINDAN文化賞に応募するために親孝行について調べたり考えたりしながら一生懸命書いているということ。そして書くことによって肉親への愛をたしかめ、またどうすれば肉親への感謝の気持ちを伝え孝行できるのかを考える契機となっていること。私自身も幼かった遠い日の自分を重ねながら、この世にいない両親にどれ程の孝養を尽くしたかを省みる貴重な時間となっている。

昨今、家庭内暴力や親子間の悲惨な事件がマスコミをにぎわしているが、「孝道」エッセイを読む限り、「孝道」は、MINDAN文化賞創設の目的通り、着実に広まって実を結んでいるように思う。その一例を小学校五年生鄭周栄君の作品「親孝行」の一部を簡単に要約して紹介してみたい。

「僕は四歳まで中国に住んでいました。その時親孝行を知りませんでしたが、日本に帰ってきて、七歳の時からちょっとずつ親孝行するようになりました」という文章からはじまり、風呂やトイレ掃除、洗濯、皿洗い、料理やボタン付けまで出来るようになる。一番得意なのはオンマが「助かった!」と言ってくれるゴミ捨て。

冬休みに、アッパとハルモニに会いに中国の空港に着くと、マイナス十五度もの極寒の中ハルモニが迎えに来てくれていた。その凍えたハルモニの身体をいたわり、風呂場で温かいお湯を張ったタライに、恥ずかしがるハルモニのしわだらけの足を入れてもんであげるアッパ。そして「今まで育ててくれてありがとう」というと、ハルモニの頬から熱い涙が溢れる。その姿を見て五年生の周栄君も同じようにタライにお湯を張ってアッパの足をもんであげる。その時初めてアッパの足をしっかり見ることができた。その足はボロボロで、中国から日本に来てからの、苦しい生活とたたかわざるを得なかった苦労の足跡がしっかりと刻まれていたのだ。

文字数の関係もあり、簡単に要約したので感動が薄いかもしれないが、ハルモニへの優しい心遣いをするアッパを通して親孝行を知り、自分もアッパのように親孝行したいと思う作品である。アッパへのオマージュ（賛辞）ともなっている。「この親にしてこの子あり」。アッパが孝養を尽くす姿を見て、息子も親孝行とはこういうものだと身をもって知り、心も身体も共振する。その感性の豊かさと心の温かさ、そして肉親愛に感動を覚えずにはいられなかった。

以上は一例に過ぎないが、このような「孝道」エッセイが小学生から社会人に至るまで届く。「孝道」エッセイは、家族関係はもちろんのこと、目まぐるしく変化している在日社会の家庭風景をも映す鏡となっている。

（初出『東洋経済日報』二〇一六年十一月四日付）

第4章 魂をゆさぶる声、舞い

パンソリ保存研究会関東支部発足会。前列中央に金福実女史。
その右斜め後ろに趙相賢氏。最後列の右端に金秀妍女史。

パンソリに魅せられて

いまもあの日の舎廊房（ササンバン）での光景を懐かしく思い出す。春霞に包まれた韓国の野山が、うす紅色に染まる頃、私たち母娘は父と一緒に旅をした。娘のキョンスンが大学に合格した記念に父が韓国旅行をプレゼントしてくれたのである。仏国寺、通度寺、華厳寺、松広寺などの名刹を父の解説付きで巡り、南原では『春香伝』で有名な広寒楼で春香が李夢龍に見初められたというブランコに乗り、月梅家でビンデトッ（緑豆粉で焼いたお焼）を肴にトンドン酒で喉を潤した。扶余では落花岩での宮女たちの悲しい物語を聞き、白馬江でのんびりと船遊びを楽しむという欲張ったスケジュールで、父の気遣いは並大抵のものではなかった。

殊に想い出されるのは、私たちの初めての故郷訪問を記念して、親戚や友人たちを招いて開かれた舎廊房でのパンソリの宴。うっすらと化粧を施した老技が扇子を開いたり閉じたりしながら唱（うた）い、合間に身振り手振りを混じえながら、アニリ（語り）で物語をつないでいく。ときには場の雰囲気をみながら、ストーリーにないアドリブを即興で入れ、観客を喜ばせたり驚かせたり。生かすも殺すも鼓手次第というけれど「オルシグ」「チョッチ」と絶妙なタイミングで入れる鼓手の合いの手が、唱い手の気分を盛り立て、場を沸かせる。老技の声がかすれて苦しそうになると、居合わせた客たちが「オルシグ」「チョルシグ」とエールを送り、唱い手と聴き手が一体となって場を盛り上げていく。いまから三十数年前、父の故郷での忘れ難き想い出のひとコマである。

故郷での素朴で感動的な場面に出会って以来、私はパンソリに強く魅せられ、日本公演はのがさず聴きにいったものだ。人間国宝故金素姫女史の公演をはじめ、民族オペラといわれるパンソリ唱劇・安淑善女史主演の『春香伝』や『沈清伝』も観ている。特に一九九〇年外務省と文化庁の後援による『沈清伝』の公演は私をすっかりとりこにした。そのとき沈奉事（シム・ボンサ）役を演唱したのは趙相賢氏。氏は韓国重要無形文化財第五号保持者で、韓国パンソリ保存研究会の理事長でもあり、特に沈奉事は氏の当たり役である。その後、パンソリ保存研究会関東支部が東京で発足し、金福実国楽研究所代表の女史が支部長に任命される。任命式には韓国から趙相賢氏や在日の芸術家たちも祝いに駆けつけ、やっとパンソリ普及の拠点ができた。早いもので今年創立十五周年目を迎える。私も理事の一人として末席に名を連ねている。

昨年のことだが、韓国文化院のハンマダンホールで「魂を揺さぶる〝声〟──琵琶・新内・パンソリ」が開催され、金福実女史が「沈清歌」の演目の中から一節を演唱した。唱い始めると、客席から「オルシグ」「チョルシグ」と合いの手が入り、大いに盛り上がった。やっと日本でもパンソリを聴く醍醐味が分ってきたようだ。オルシグチョッタ！

（初出『東洋経済日報』二〇一二年三月三十日付）

「魂をゆさぶる〝声〟——琵琶・新内・パンソリ」の公演を終えて

「魂をゆさぶる〝声〟——琵琶・新内・パンソリ」を一月二十一日、韓国文化院ハンマダンホールで開催した。寒風の中、ホールが満席となる盛況ぶりで、伝統芸能各界の人間国宝の先生方や女優の淡島千景を始め映画、演劇界の重鎮の皆様のご臨席を賜り、好評の内に幕を下ろすことができた。

このたびの開催は、同人誌『鳳仙花』「異文化を愉しむ会」「パンソリ保存研究会関東支部」が中心となり、実行委員会を立ち上げ開催に向けて企画を練った。奇しくも同人誌『鳳仙花』は創刊二十周年、「異文化を愉しむ会」は十周年、「パンソリ保存研究会関東支部」は十五周年に当たる節目の年を迎えていた。

以上の三団体は、広い意味では、日韓の文化交流や相互理解を柱にしてきたので、その目的とする軸は互いにぶれることなく、成功に向けて協力を惜しまなかった。

当日は共催してくださった韓国文化院のスタッフの皆様のご協力のもと、リハーサルも順調に進み、実行委員スタッフも緊張しながら今か今かと万全の態勢で、開演時間に備えた。

日韓の伝統芸能の交流は、すでに多様なジャンルのセッションや共演が繰り広げられているが、このたびの琵琶・新内・パンソリのコラボレーションは、似て非なるユニークな「声」の競演に期待が寄せられていた。

舩水京子さんの演目琵琶語り「おたあ・ジュリア」は、四百年以上も昔、朝鮮王朝が生まれて二百年が続いた泰平の時代に、突如豊臣秀吉軍が朝鮮を侵略した文禄・慶長の役（韓国では壬辰倭乱という）でのことを題材にしている。両親、肉親のすべてを失った朝鮮の貴族の娘「おたあ・ジュリア」の薄幸な人生を、琵琶の幽玄な音色にのせて語り、聴く人に感動と共感を呼び覚ました。

新内光千春さんの演目「日高川　飛込み」は道成寺縁起物の一つで、舟頭と清姫の川を隔てての問答が聴き所で、清姫が川に飛込み蛇体と化し、裂けた口から火炎を吐きながら髪を逆立てて泳ぎ渡るすさまじい光景に、舟頭がびっくり仰天しながら逃げて行くというストーリー。

新内節は抒情豊かな語りが特徴で、題材には、駆け落ち、心中など男女の恋に関係する人情劇が描かれている。江戸情緒を代表する庶民的な音楽として知られるところである。

金福実さんの演目パンソリ「沈清歌」は、沈清という娘と盲目の父・沈奉事の孝行物語で、韓国の五大パンソリの中の一つで、韓国社会において最も重要視される親孝行の思想をテーマにした代表的な作品である。

今回の公演では、沈清の母の葬送場面から、沈清を失った沈奉事の嘆き、皇城の宴会に招かれる喜び、道中で同居していたペンドクに逃げられたり、水浴び中に衣服を盗まれたりする場面までを演唱した。

パンソリは、庶民の哀歓や風刺、諧謔性などを内包する口承芸能の一つで、一人の唱い手がコス（鼓手）の伴奏に合わせてチャン（唱）、アニリ（語り）、ナルムセ（身振り）をおりまぜながら、練り上げられた声で情感豊かに演唱し、魂を揺さぶる。二〇〇四年に世界無形遺産としてユネスコに宣言された。

このたびの琵琶・新内・パンソリの共演を通して、伝統芸能の魅力を発見し、更なる多様な伝統芸能の交流が広がり、日韓の友好の絆が深まることを願ってやまない。

（初出『東洋経済日報』二〇〇二年二月四日付）

「銀巴里」とクミコさんの「INORI」

今年の八月も、新聞やテレビは、戦争メモリアル月間さながらに、戦争のむごさや、被爆者たちの理不尽な人生をクローズアップした。戦争の惨禍に想いを馳せ、記憶を風化させないための夏の「風物詩」となって久しい。この季節になると、私はクミコさんの「INORI」を聴きたくなる。「INORI」は、被爆後に十二歳で死去し、広島の「原爆の子像」のモデルとなった佐々木禎子さんの悲しみを曲にしたもの。佐々木さんは「もっと生きたい」と願って薬や菓子の包み紙で折り鶴を折り続けたそうだ。その姿を甥でシンガーソングライターの佐々木裕滋さんが曲にしクミコさんに託した。

♪泣いて泣いて泣き疲れて
♪祈り祈り祈り続けて

このリフレインでは、佐々木禎子さんの悲しみ、そして命の大切さや平和を祈る気持が切実に伝わってくる。

私が初めてクミコさんの歌を聴いたのは「銀巴里」のステージだった。一九八〇年代の後半、私は毎月のように銀座七丁目にあったシャンソニエ「銀巴里」に通っていた。緑の看板「chambrede chanson　銀巴里」がかかっているドアを開け、薄暗い階段を右回りに降りると、奥にレジがあり正面には小さなステージがあった。一二〇人程入れば満席になる「銀巴里」ホール。一九五一年にオープンし、シャンソンの殿堂として親しまれたが一九九〇年に惜しまれながら閉店した。美輪明宏の「メケメケ」や、「ヨイトマケの唄」（昨年のＮＨＫ紅白歌合戦で注目を浴びた）が大ヒットし、美輪明宏が「銀巴里」の存在を世に知らしめたとも言われている。

当時クミコさんはとてもユニークなキャラクターとして目立っていた。華奢な身体にどちらかといえば角張った顔、ちょっぴり垂れ気味の大きな目、おしゃべりは関西芸人に負けないほどの早口。大御所たちが歌い上げる中で、語るように、ときにはささやくように、客席に向けて歌詞を届けようと全身で表現する、ある意味テクニシャンでもあった。だからすぐに名前を覚えた（当時のプログラムには高橋久美子）。まだ二十代の終わりか三十代のはじめだったのではなかろうか……。

「ＩＮＯＲＩ」が大ヒットした一昨年のこと、ある番組でクミコさんが語っていた言葉がとても印象に強く残っている。かつては敵対し憎しみ合った米国との関係でも、被害、加害という図式を超えて未来志向の関係を構築できるのだと。国境を越えて手を結び、怒りと憎悪でなく、愛の連鎖へとつなげたいというメッセージを「ＩＮＯＲＩ」に込めてうたっているのだと。

独島だ、竹島だ、と島の領有権を巡って韓日関係が険悪な状況になって久しい。未来志向だ、新しい韓日関係だと言いながら、事が起きると元のスタートラインに戻ってしまう韓国と日本。いつまでも過去にこだわるのではなく、未来志向で愛の連鎖へとつなげていけないものだろうか、と「ＩＮＯＲＩ」を聴きながら今年の光復節を過ごした。

（初出『東洋経済日報』二〇一三年九月十三日付）

ライヴ・カフェ「ＳＳＯＮＧＥＲ」にて

昨年のこと、秋夕（チュソク）を前後して一週間程韓国で過ごした。買い物客で賑わう繁華街の雑踏を抜け、ソウル近郊ミサリにあるライヴ・カフェ「ＳＳＯＮＧＥＲ」に向かった。シンガーソング・ライター宋昌植（ソン・チャンシク）氏に会うためである。

私が初めて韓国を訪問した一九七九年、氏は韓国の国民的なシンガーソング・ライターとして熱狂的に支持されていた。映画の主題歌となった「鯨捕り」は、人生への応援歌となり、七〇、八〇年代の韓国における音楽シーンで、独自の新境地を切り拓いたともいわれている。原作はベストセラー作家崔仁浩氏。撮影のためだったか取材だったか忘れたが、カメラマン一行を引き連れ拙宅にも寄ってくれたことがある。その時にいただいた著書『他人の部屋』は今も書棚に並んでいる。

宋昌植氏は、軍事独裁から民主化へと激動する社会の下で、熱狂した聴衆と共に自由を渇望しながら世界観を培ってきたと言われている。八〇年代民主化運動の象徴的な歌となった「朝露」や盧武鉉前大統領の愛唱歌「常緑樹」などの作詞家金敏基氏と共に時代を牽引した音楽界のゴッドファザーズともいわれている。軍事政権下の痛みを代弁した彼らの曲は、一時期発禁処分となるが一九八七年の民主化宣言以降、多くが解除されることになった。

娘がこの世を去って、時が止まったかの様な日々を過ごしていた私が、娘の遺品を整理していた時に目にしたテープの数々。それは「銀巴里」のステージでのものがほとんどだった。あの頃は氏の楽

譜はまだ日本で市販されてなく、カセットテープから採譜して「銀巴里」バンドのメンバーに譜面を渡していた。「サランイヤ（愛よ）」「エイン（恋人）」「ディンドンデン過ぎた夏」は、生前娘の持ち歌にもなり、私にとっても忘れがたい曲である。その三曲を含め十五曲を選んでCDに収録し、一周忌に娘の詩集と共に返礼品とした。

「SSONGER」に着くやいなや、運よく宋昌植氏の運転する車が玄関脇の駐車場に滑り込んできた。車から降りてきたマゴジャ（作務衣風の民族衣装）スタイルの氏は、ふっくらとした中年のアジョシに変貌していたが、優しそうな目は昔のままだった。私はすこしばかり躊躇したが、氏に近寄り、上記の事情を話し、娘のCDと詩集、そして韓国で出版された拙著も謹呈した。無断で氏の曲を収録したお詫びが十五年を経てやっとできた。その上、幸運にも氏のCDにサインまで頂戴したのだった。

「SSONGER」は二階席も設けてあり、広くゆったりとしていてゴージャスな雰囲気が漂っていた。コーヒーを注文してくつろいでいると、ギタリストを伴って氏がステージに現れた。切ない愛を情緒豊かに、時に軽快に、時に激しく熱唱する宋昌植の奥深い歌魂が胸を震わす。♪ディンドンデン・ディンドンデン……在りし日の娘のステージと重なり、熱いものが込み上げてきた。

（初出『東洋経済日報』二〇一五年十一月六日付）

オペラ歌手・田月仙デビュー三十周年

田月仙（チョン・ウォルソン）さんから嬉しいニュースが届いた。第十四回「日韓文化交流基金賞」を受賞、単独での受賞は在日コリアンでは初めてとのこと。この賞は、学術・文化分野で韓日両国間の文化交流促進のために貢献した韓国人の功績を称えるために設けられたという。デビュー三十周年の節目の年に、この受賞は彼女にとって大きな喜びであり励みとなろう。彼女の小学生時代から大学まで、そしてその後の三十年間の音楽活動を間近に見てきた私にとっても感無量である。

一九九四年十月七日、私は芸術の殿堂・オペラハウスで、ソウル定都六百年記念公演オペラ『カルメン』を観ていた。華麗なステージだった。カーテンコールは、オペラ・ファンの楽しみの一つでもあるのだが、エスカミリオ、ミカエラ、ドンホセ、そして最後に今宵のプリマ・田月仙が情熱的なジプシー女・カルメンの扮装で登場すると、嵐のような拍手の渦が湧き起こった。彼女の母国での初舞台！

温かい拍手がたまらなく嬉しくてなぜか熱いものが頬をつたわり、ステージの彼女がかすんで見えた。今もあの日の感動を忘れることができない。

過ぎ去った遠い日の彼方から記憶を手繰り寄せれば、音大受験を目前にして、父親の会社が倒産し、住み慣れた家も他人の手に渡ってしまい路頭に迷っていた日々……。恵まれた環境に育った彼女にとって初めての試練の時を迎え、悶々としていたあの頃。どうしても音楽を諦めることができなかった彼女は、やがてアルバイトをしながら夢を実現させついに音大生に。がんばり屋の彼女は、優秀な成績を修めた学生たちが選ばれる卒業演奏にも抜擢された。

桐朋音大近くに住んでいた私たち家族は、彼女の晴れの舞台を祝福すべく、花束を抱えて出かけた。当時から彼女は学園の華であり、プリマの風格を備えていた。

卒業後の活躍は眩しいばかり。オペラ『サロメ』『蝶々夫人』など、次々とオペラの主演を果たし、二〇〇二年サッカーW杯日韓共催時には小泉総理主催の金大中大統領歓迎公演にソリストとして招かれる。日本・韓国・北朝鮮の首脳の前で歌った唯一のオペラ歌手となる。二〇〇四年には彼女の半生がNHKのドキュメンタリー番組『海峡を越えた歌姫』、今年の四月には韓国KBSスペシャル『海峡のアリア　田月仙30年の記録』などで紹介され多くの人々に感動を与えた。

そして、初の著書『海峡のアリア』が小学館ノンフィクション大賞優秀賞を受賞。その後も『禁じられた歌　朝鮮半島音楽百年史』『K-POP遙かなる記憶』などを出版。日韓の長い歴史の中で禁じられた歌があったことや、K-POPブームの背景にある日韓の音楽交流史を繙き、著作活動でも話題をまいた。

喜びも悲しみも歌にのせて、歌に導かれてきた彼女の三十年。そのひたむきな生き方に共感とエールを送りたい。

ブラボー！　在日のプリマ田月仙。

（初出『東洋経済日報』二〇一三年十月十一日付）

あるパーティー会場にて。左から増田みつ枝さん、私、田月仙さんと友人。

「蘭坡音楽賞」雑感

『鳳仙花　評伝　洪蘭坡』（文藝社）の著者遠藤喜美子先生から、「韓国で翻訳されることになりました」とお電話をいただいたのは立春間近のことだった。以前から翻訳の話は持ち込まれていたが、この度壇国大学の助成金により出版が決ったという。洪蘭坡は近代音楽の祖と言われ、代表作「鳳仙花」や「故郷の春」をはじめ「朝鮮童謡百曲集」に収められている珠玉の名曲は広く愛唱されている。

遠藤先生は洪蘭坡が通った国立音楽大学を卒業後、聖学院大学で教鞭を執られ、定年退職後に上記の評伝を上梓された。日本留学時代、大切なヴァイオリンを質に入れ三・一独立宣言文を印刷し配布したことなど、洪蘭坡の生涯を克明に調べ上げた本格的な評伝である。韓国の研究者にとっても朗報だろう。

毎年四月には洪蘭坡記念事業として音楽祭と共に「蘭坡音楽賞」が授与されるのだが、近年「親日派音楽家の名を冠した賞を受けたくない」という理由で受賞を辞退する音楽家もいて、波紋を投げかけている。エーデルワイスがまぎれもなくナチスへの抵抗の歌であったように、「鳳仙花」は民族の痛みと抵抗を歌った不朽の名曲である。蘭坡の音楽家としての業績は誰も否定することはできないだろう。

蘭坡は三・一独立運動後の在米中、一九三七年興士団（独立運動組織）に連座したことで不穏分子として収監され、酷い拷問を受ける。警察から戻ってきた時の姿は身体全体が膨らんでいて、衣服が

見えないほど血まみれだったという。その後「転向」したとされる李光洙、崔南善らが書いた三篇の詩に曲を付けたことが、長い間、親日派と言われる根拠となっている。

受賞を辞退したある音楽家は以下のように語っている。

「人々が私に『ワーグナーは反ユダヤ主義者でありナチが利用した。だからといってワーグナーの偉大な音楽を見捨てなければならないのか?』と言います。私もまたワーグナーが反ユダヤ主義者であることはその当時の社会相が生んだ副作用という側面があると考えます。蘭坡が親日行為をしたのもそのような脈絡で見ることができるかも知れません。でも、ナチがそれを利用して人間をもてあそび殺したことは非常に危険なことでしょう」と。

たしかに上記の三篇は強要され心ならずも発表した作品であり、日本統治下でそれを利用されたことは想像に難くない。しかし、蘭坡がどれほど民族を愛し、植民地からの独立を願って闘っていたか、にもかかわらず、なぜ反民族的行為に至ったのか、それがいかに耐えがたく屈辱的なものであったかと、あの時代の生き難さを自分に引き寄せてみる視点も必要ではないだろうか。「鳳仙花」の哀切な旋律に耳を傾けながら。

文学も音楽も、時代の中で生まれ作られていくもの、それを後の時代で評価するのは難しいものがある。同時代を生きた北原白秋作詞、山田耕筰作曲の「この道」という作品背景にも、さまざまな時代状況があることを、中野敏男著『詩歌と戦争』で知った。

(初出『東洋経済日報』二〇一七年三月三日付)

サムルノリと散調舞――「韓日伝統ソリの饗宴」

サムルノリ（四物ノリ）に出会ったのは、ソウルオリンピックの四、五年ほども前だから、はや四半世紀にもなる。サムルノリが何なのかも知らないまま、友人に誘われて出かけたコンサートだった。プク（鼓）・チン（銅鑼）・ケンガリ（鉦）・チャンゴ（杖鼓）の四楽器で奏でる強烈なパーカッションのリズム、豊饒な音の饗宴に、これぞウリナラのカラッ（リズムのながれ）だと身も心も揺さぶられ、すっかり魅せられたものだった。それ以来、野外でもう一度聴きたいものだと思いつづけていたが、立川基地が、昭和記念公園に様変わりしてしばらくした頃、その機会が訪れた。広々とした芝生の上で、金徳洙グループのサムルノリ公演が催されたのである。

会場には、Tシャツにジーパンのラフなスタイルの若い人たちが目立ち、カップルあり、親子連れありで開演前から熱気でむんむんしていた。その熱気に応えるように、変幻自在なリズムに合わせてビートの利いた演奏がはじまると、会場のあちこちから前後左右に身体を揺らしてリズムをとったり、立って踊りだす人びともいて、まるで催眠術にかかったようだった。私も、いつの間にか手拍子、足拍子、いや全身で拍子をとって、すっかり周りの雰囲気に溶け込んでいた。もしカタブツの夫が傍にいたら、「ミッチョッタ（狂った）」と言われそうなほど、完全燃焼していた。

終演後に金徳洙グループのみなさんと一緒に撮った写真には、後に金徳洙夫人となられた、若かりし頃のういういしい金利恵さんが笑みを浮かべて立っている。

年の瀬も押し迫った昨年の十二月、ホテル・ラフォーレ東京「御殿山ホール」で開かれた金徳洙グループのサムルノリ・コンサートに出かけた。久し振りのサムルノリに心弾ませながら、地図を頼りにコンサート会場へたどり着いたのは開演少し前だったろうか。すでに会場はほぼ満席の盛況ぶりだった。金徳洙をリーダーとする新しい編成によるパーカッション・アンサンブルの久々のステージである。

入口で渡された当日のプログラムには、二〇〇八年韓日観光交流年プレイベント「韓日伝統ソリの饗宴」と銘打って、サムルノリ、津軽三味線、パンソリ、散調舞と多彩な演目が並んでいた。特に、金徳洙夫人である金利恵さんの散調舞は期待で胸が膨らんだ。それは二年ほど前に友人から届いたチラシが強く印象に残っていたからかもしれない。真っ赤な地に白抜きで、韓舞（からまい）――「白い道成寺」と書かれチラシに、純白のチマ・チョゴリにちらっと赤い裏地が覗く道成寺の衣装を身に付けた金利恵さんの写真が、たまらなく素敵だった。会場はわが家からそんなに遠くない新国立劇場だったが、その時は残念にも、駆けつけることができなかった。そんなことがあったので、プログラムに金利恵さんの名前を見つけた時に、強い思い入れがあったのかもしれない。

演奏に先駆けて、「門クッ～ピナリ（祈り）」の儀式が始まった。「門クッ」というのは、客席を通じて舞台に上がっていく一種の通過儀礼で、会場にやって来た人々と同じ空間の「気」を共有することだとプログラムの解説にあった。また「ピナリ（祈り）」とは「サムルノリの祝願と告祀徳談の内容を言祝ぐ」もので、祭儀性が大変強いものだとも。

正式には「舞台の中央にコササン（告祀膳）を作って、お餅や明太、果物、米と一緒に一番手前に蒸し豚の頭を供える」のだそうだ。ピナリがはじまれば、舞台に上がってきた人たちがロウソクに火を点し、線香を上げ、酒を供えてから豚の前でひざまずく。そしてチョル（韓国式再拝）をした後、ご利益を念じて、歯をむき出しにしている豚の大きな口にお札をくわえさせる。チョルをする人が多い日は、口からお札が溢れるという。あの日は何人舞台に上がったのだろうか……。

豚の顔の美醜も大切で、充分に血抜きした後、顔が崩れないようきれいに茹であげるのも技術を要するのはいうまでもないようだ。両耳をぴんと立てて、薄く口を閉じている顔、声をたてて笑っているように口を開けているのもあれば、恐ろしそうに牙をむき出しているのもある。とがった歯の根の部分が黒ずんで虫歯のようなのもあり、怒っているような顔もある、という（金利恵『風の国　風の舞』水曜社）。

そういえば、いつ頃だったか定かではないが、サントリーホールで「ピナリ」の儀式を観たことがある。豚のことはよく憶えていないが、何人もの人たちが舞台に上がってチョルをしていた記憶が蘇ってきた。ちなみに海外公演のときには、イミテーションの豚（多分プラスティックの豚？）を持参するのだそうだ。

つづいて「三道農楽カラク」が舞台狭しと賑やかに演奏された。プク・チン・ケンガリ・チャンゴ奏者の呼吸もぴったりと合い、息を飲むほどの圧巻。連続するサムルノリのもつ多彩なリズムと強烈な打音に圧倒され、じっと座っているのが勿体ないような気がした。その躍動感溢れるソルチャンゴは格別で、狭い舞台ではあったが、昭和記念公園での演奏を彷彿とさせた。まさに「三道農楽カラク」は、「サムルノリの花」と呼ばれる所以だろう。

リーダーの金徳洙は五歳で放浪の旅人集団・男子党（ナムサダン）に入団し、全国農楽競演大会で最年少で大統領賞を受賞、チャンゴの神童としてその名を轟かせたという。後に農楽を舞台芸術としてアレンジし、

「サムルノリ」を伝統音楽の一ジャンルに位置づけた。二〇〇七年には、長きにわたって伝統芸能の大衆文化、世界化に貢献した功績が認められ、銀冠文化勲章を受賞している。

次の演目は、当日のゲストである津軽三味線奏者の木乃下真市と金徳洙との即興演奏によるデュオ。このセッションで、ウリナラの土俗カラクと、日本の伝統音楽である津軽三味線との違いがくっきりと浮かび上がったが、同時に両国の違いがすばらしいコラボレーションとなることも発見した。豪快にバチを叩きつけるように弾く激しい三味線、緩やかなテンポから息詰まるような速いテンポに変る躍動感溢れるチャンゴのリズム。即興でアドリブを加えながら演奏する、個性溢れる二人の演奏者のボルテージは絶頂に達し、会場が興奮のルツボと化したのはいうまでもない。

プログラムはいよいよ金利恵さんの散調舞とつづく。アジェン（牙箏）の低く太い音が静かに響くなか、純白のチマ・チョゴリに真っ赤なオッコルム（上着の結び紐）姿で舞台に現れた。緩やかなリズムのチンヤンジョからチュンモリへ、そしてもっとも速いテンポのヤンジンモリへと変幻自在なリズムに乗って、白いスゴンを手に、宙に弧を描きながら女心の春夏秋冬を舞った。観衆に媚びることのない孤高な舞、自身の世界観をもち、揺るぎない信仰をもつ芯の強い女性の舞のようにも感じた。輝きをもった鋭い眼力には、射すくまれそうなほど、俗世界の人とは一線を画すような近寄りがたいものさえ感じた。あの無垢で初々しかった若い頃の彼女からは想像だにできないほど、その後の厳しい修練を感じさせる散調舞だった。

彼女は自分の舞について、「一歩、足を踏み出し、呼吸を感じて、手を上げ、宙に孤を描き、掬い、放ち、飛ばす……、息をためる、潜める、抑える、解き放つ、それが気持ちに重なり、からだが応じ、舞になります」と語っている。

東京で生まれ育った彼女が、初めて韓国を訪ねたのは在日僑胞夏期学校に参加した時、その時に偶然に出会った韓国舞踊に強い衝撃を受け、一九八一年単身韓国へ舞踊留学する。韓国で重要無形文化財李梅芳先生の門下に入り、厳しい修行の後、三星財団・KBS主催第三回ソウル国楽競演大会舞踊部門で金賞を受賞する。一九九四年には重要無形文化財第九七号「サルプリ舞」の履修者と認定され、さらに一九九八年には、重要無形文化財第二七号「僧舞」でも履修者に認定されている。

その間に母国の青年金徳洙氏と出会って結婚し、異国のような母国での生活がはじまった。二十歳まで育った日本は、彼女にとって、いわば「母国」に等しいはず。はかり知れないほどのカルチャーショックを受け、混乱や焦燥、不安、自棄の連鎖のなかで問い続けた歳月だったろう。韓国の文化をどのように受け入れ、自身を培ってくれた文化とどのように融合させていったのだろう……。

私が昭和記念公園で出会ってから四半世紀が過ぎ去っている。

終演後、パーティー会場で、ご夫妻としばし談笑の機会があり、昭和記念公園でのことが話題になった。お互い顔に皺を刻んでの再会ではあったが、金徳洙氏の人懐かしい笑顔はあの日と少しも変っていなかった。しかし、夫人の金利恵さんからは、あの日の面影を探すことは難しかった。海外同胞出身者としてははじめて重要無形文化財履修者と認定されるまでの、母国での厳しい試練と弛まない修行の歳月が偲ばれ、熱いものがよぎった。そして生まれ育ったこの日本の地で、しっかりと足を踏み出し、宙に弧を描きながら女の心の四季をみごとに舞ってみせた彼女に、舞踊家として、韓国女性としての意地と誇りを観たような気がした。忘れ難い感動の一夜だった。

（初出『鳳仙花』二二号、二〇〇八年）

第5章
出会い、ふれあい、響き合い

「異文化を愉しむ会」オープニングでゲストの林満里さんを囲んで

face to face の交流こそ

地図の上　朝鮮国にくろぐろと　墨をぬりつつ秋風を聴く

　この歌は、日韓併合を批判し、怒りと哀しみをもって詠んだ石川啄木の歌で、特にコリアンには広く知られている。この歌碑が北海道松前町の「専念寺」境内に一昨年建てられたことを知ったのは、十数年来の友人Ｓ氏から届いた『徒然の記』十二集によってである。

　この歌碑がなぜ「専念寺」に建てられたのだろう……。それにはそれだけの前史があってのこと。アジア太平洋戦争当時、軍事産業路線として整備が進められた旧国鉄松前線敷設工事に、朝鮮半島や中国から連行され労働を強いられた。その時に犠牲になった人たちの「慰霊碑」が戦後になって建てられ、一九八五年から毎年五月に「専念寺」で慰霊の法要が営まれているという。なんと心温まるお話だろう。排外主義によるヘイトスピーチが横行している中で、この歌碑が建立されたことに私は驚きと共に救われた気持ちになった。

　この文章を読んだ直後に、菅原文太さんの訃報に関する記事を目にした。晩年は自然農業を営みながら、反原発、戦争反対、沖縄の基地問題にも取り組んでいたことは周知のとおりだ。記事によると、文太さんは韓国木浦にある孤児院「共生園」を何度も訪問し、二人の孤児の里親となって支援していたという。

また、文太さんは在日コリアンの人権問題にも関心を寄せ、長い間、在日韓国人向けの老人ホーム「故郷の家」を大阪に建てる運動に協力し、建設資金の寄付呼び掛けに尽力したこともその記事で初めて知った。常に社会的弱者の立場に立ち、社会を変えようとした文太さんのような人がいたことを忘れてはならないと思う。

心温まる思いも束の間、十二月十日の朝日新聞で、香川県三豊市の「遍路小屋」に関する記事を目にした。遍路に魅せられた韓国人女性が、日本や韓国の遍路仲間から寄付を集めて十人も座ればいっぱいになる屋根付きベンチ小屋を建てた。そして韓国語の道案内シールを貼ったことに対して「礼儀しらずな朝鮮人たちが気持ち悪いシールを四国中に貼り回っている」「この国を韓国にするのか」などの中傷ビラや、ネット上の掲示板には無数の嫌がらせが書き込まれたという。四国八十八か所遍路道の世界遺産入りをめざすなら、まずは、排外意識や外国人に対する差別の根絶に取り組むことが先ではないだろうか。

残念ながら「遍路小屋」にみるようなごく一部の人たちの偏見や民族差別が日本の排外主義をあおっているのは事実だと思うが、私は菅原文太さんや歌碑、慰霊碑建立に尽力した大多数の良識ある日本人を信じたいと思う。

遅ればせながらも、京都地裁や大阪高裁の判決がヘイトスピーチを人権差別と認定したことは、昨年一番のうれしいニュースだった。世界共通の価値観を日本の司法も共有する姿勢の表れ、少しばかり希望と明かりが見えてきた。

今年は日韓国交五十周年の節目の年、この間に培った両国関係の真価が試される年でもある。ソウルの街中で、プラカードを掲げフリーハグを求める日本人青年に、多くの人々が感動のメッセージを寄せている。国家のハードルを超えて育む人と人との交わり、face to faceの交流こそ、和解へと希望をつなぐカギとなるのではないだろうか。明るい幕開けの年でありたい。

（初出『東洋経済日報』二〇一五年一月十六日付）

日本民藝館を訪ねて

目黒の駒場に日本民藝館が創立されて八十年を迎えた。この記念すべき節目の年に、創立者柳宗悦の妻柳兼子の生涯をＤＶＤ『ドキュメンタリー兼子』で辿る機会に恵まれた。

兼子は一八九二年に生まれ一九八四年九十二歳で亡くなるが、日本近代の声楽法を確立したとされる不滅のアルト歌手。肉体の衰えや限界に挑戦しながら八十五歳まで現役でコンサートを開いた稀有な声楽家である。朝鮮との関係で特記すべきことは、植民地下の朝鮮でたびたびリサイタルを開き、ソウルの「景福宮」の裏にある「朝鮮民族美術館」開設資金にするなど、夫の活動を物心両面にわたって支え続けたことは広く世に知られる通りである。

理不尽な朝鮮への弾圧や同化政策に対して厳しく批判していた夫に寄り添い、兼子は軍歌を歌うことを頑なに拒否したため、戦中より活躍の場を奪われてしまい、戦後も正当な評価がなされぬままだったという。

兼子八十五歳のリサイタル時に収録された日本歌曲を聴きながら、兼子の歌は「魂の叫び」だと言われる所以が今更のごとくよく理解できた。学生時代よく歌った「平城山」や「荒城の月」「早春賦」はもちろんのこと、杉山長谷夫の「苗や苗」「金魚や」など風景が目に浮かぶような臨場感溢れる歌いっぷりに、老練な詩人の姿と重なってきて感銘を受けずにはいられない。

映像で事前学習をした「異文化を愉しむ会」のメンバーが目黒区の駒場にある日本民藝館を訪ねた

のは、若葉が萌え始める頃。井の頭線駒場東大前で下車し、東大駒場キャンパスの公孫樹並木を通りぬけ、学生食堂でランチを済ませ、気分はすっかり東大生に。久しぶりに学生気分に浸りながら、アーティスティックな家並を六、七分ほども歩いて日本民藝館にたどり着いた。木造瓦葺き二階建ての蔵造りを思わせる日本民藝館本館は、戦災にも遭わず、戦後も民芸運動の活動拠点となった。周辺には日本近代文学館、旧前田侯爵邸などが所在する閑静な文教地区であるが、開館当時は水田と竹やぶに囲まれた東京の郊外であったという。

折しも『創設八〇周年特別展』開催中であった。私たちは入口で靴をスリッパに履き替えて二階へ。木製の陳列ケースには、朝鮮工芸四百点もの展示があり、なかでも私は螺鈿や華角貼りの箱や糸巻きなどの美しい色遣いに目を奪われてしまった。他にも花鳥画や遠近法を無視した民画の中のユーモラスな虎の表情、儒教の徳目を図案化した絵文字などを眺めながら、暮らしの中に絵画が溶け込んでいた時代があったことを知る。

会場を一巡しながら、「芸術は国境を越えて我々の心を潤してくれる」との柳宗悦の言葉が浮かんできた。そして「どういう巡り合わせか、朝鮮とは離れられない結縁があるようだ」と、朝鮮の膳を囲みながら談笑している在りし日のご家族の姿が目に浮かぶ。隣国の文化に親しみ、その文化を育んだ人々を愛し尊ぶご夫妻の想いが充ち溢れている民藝館。訪れるたびに故郷に帰ったように心が和み充たされる。

（初出『東洋経済日報』二〇一六年四月二十九日付）

『鄭詔文の白い壺』上映会を終えて

この映画のプロデューサーで韓国文化財庁文化財委員の崔宣一氏から『鄭詔文の白い壺』の上映会ができないだろうか、とメールが届いてからひと月余の準備期間だったが、上映会当日、映像シアターは満席となり入場を断るほどだった。

この映画の主人公鄭詔文氏は、日本に散在する千七百点もの祖国の文化財を蒐集し、一九八八年に念願だった高麗美術館を京都に創設され、翌年七十歳の若さで亡くなられた。日本の植民地下、朝鮮から日本に持ち込まれた高麗青磁や李朝白磁などをはじめ、民画や螺鈿の箪笥などの美術工芸品を一点一点買い戻し、長年の夢を実現された方である。

上映に先立ち、崔宣一氏から映画完成までのプロセスや、在日一世の辿ってきた歩みを、鄭詔文像を通して当時の時代性や苦悩を表現したかったことなどを話された。そして鄭詔文氏ら一世を境界人とおっしゃり、多くの境界人の苦悩の上に、在日三世、四世が日本で暮らしているのだと、静かな口調で語られた。同時通訳は、高麗美術館の学芸員で鄭詔文氏のお孫さんの李須恵さんが担って下さった。

私がこの映画上映の実行委員として関わることになったのは、この映画の主人公鄭詔文氏が一九六九年から発行していた季刊誌『日本の中の朝鮮文化』に、顧問の上田正昭氏と共に、作家の金達寿氏と夫が編集委員として長く関わっていたこと、取材時に当時の写真や資料を提供した経緯があったからである。

映画の中の司馬遼太郎、上田正昭、金達寿、姜在彦、李進熙諸氏らの懐かしい映像を追いながら、多くの文化人によって支えられて『日本の中の朝鮮文化』が創刊されたこと、そして鄭詔文氏がその真ん中にいらしたから交流が育ち、『日本の中の朝鮮文化』が花開し、その花畑が「高麗美術館」そのものであるのだと再認識した。高麗美術館の看板は司馬遼太郎氏の揮毫、開館当時の館長は林屋辰三郎京大名誉教授、後に上田正昭教授が亡くなる直前まで館長の任に当たっておられた。上田館長は朝鮮半島から日本にやって来た古代の人々を、大和朝廷を支えたテクノクラートとして位置づけ「帰化人」の呼称を「渡来人」と改めるべきだと主張された方である。

この映画には、鄭詔文氏がなぜ文化財蒐集にあれほどまでにこだわったのか、高麗美術館に凝縮された氏の願いは何だったのか、これらの疑問に答えを探し求めるプロセスが描かれていた。特に、望郷への想いに胸焦がしながらも、統一までは故郷の地を踏むまいと決心し、対馬の北端千俵薪山の麓から頂上をめざし息せき切って駆け上り、群生するすすきの原に立つ映像……遥か彼方に故郷の山並みを望んだ瞬間、「コヒャンイ　ボインダ！（故郷が見えるぞ！）」の声が、私には聴こえてくるようだった。二分化された在日社会で苦渋の選択をせざるを得なかった氏の苦悩が伝わり、込み上げてくるものを抑えることができなかった。

（初出『東洋経済日報』二〇一六年六月三日付）

歴史映像シンポジウムに参加して——映画『族譜』に込められたメッセージ

先日、「映画で語る韓日関係の深層II——同化政策と創氏改名」が、東北アジア歴史財団（韓国）と在日韓人歴史資料館の共催で韓国文化院ハンマダンホールで開かれた。

この催しの案内を送ってくださったのは、在日五十年史の記録映画『在日』の監督呉徳洙氏だった。呉監督には、「日本映画に描かれた在日」という演題でお話を伺って以来、折々にふれお知らせをいただいている。

当日上映される映画が『族譜』（梶山季之原作）であると知り、巨匠林権澤氏が「大鐘賞」の監督賞を受賞したほどの作品でもあり、どのように描かれているかが期待され、ぜひ観てみたいと出かけた。

この映画は、「内鮮一体」の美名のもと、朝鮮総督府が実施した創氏改名政策により、七百年間脈々と受け継がれた族譜を汚されることに、死をもって抵抗した両班薛鎮英（宗家の長男）一家の誇りと挫折を描いた一九七八年の作品である。

映画の結末は、家族だけを創氏改名し、主人公の薛鎮英は、朝鮮総督府の巨大な力の前に、次のような遺書を残して毒をあおる。

「一九四一年九月二九日、日本知事に創氏改名を強要され、ここにきて薛氏の系譜が絶たれる。宗家の子孫として鎮英はこれを恥辱と思い、族譜とともに命を絶つ」

この映画のメッセージがもっとも強く伝わってくる場面である。全編を通してテーマ曲「恨五百年」が低く静かに流れるなか、このシーンでは魂の叫びを象徴するかのように哀調帯びたパンソリが切々と唱される。自身の名誉と誇りこそ守ったものの、家族のために妥協せざるを得なかった恨(ハン)を爆発させるように、「恨(ハン)多いこの世……」と大音響で迫ってくる。巨大な力の前でこのように屈辱的な決断をせざるを得なかった虚しさ、やりきれなさや挫折感がひしひしと伝わってくる。

この映画は在日の私たちに何を問いかけているのだろうか。時代の流れの中で、在日の様相は目まぐるしく変化している。帰化者が年間一万人時代を迎え十年以上にもなる現在、在日にとって、国籍や姓名は、日本とどう向き合うのか、また民族とどう向き合うかの問題でもある。

例えば「自然エネルギー財団」を設立した孫正義氏のような生き方は、この未曽有の災禍の中で苦しんでいる日本社会に、希望を与えた稀有な在日といえるだろう。

一様でない多様な在日が、日本社会で共生の道を探っている。

在日一世紀を経たいま、『族譜』に込められたメッセージを、あの日の参加者はどのように受けとめたのだろうか。

（初出『地に舟をこげ』六号、二〇一一年）

児童文学者・山花郁子さんを囲んで

七月十八日、『アジア子どもの本紀行』（めこん）を出版したばかりの児童文学者山花郁子さんを囲んでお話を聞く会をもった。この会を主催したのは、調布市を拠点に活動している「異文化を愉しむ会」で、今年十三年目を迎える。山花さんは長い間、「赤ちゃんからお年寄りまで」を対象に歌と語りでブックトーク活動を続けていてファンも多い。

八十二歳とはとても思えないほどよく響く美しいお声で、孫娘の新菜さんと二人で訪れたカンボジア・ベトナムでの体験談は新鮮で興味深かった。カンボジアではアンコールワットの塔の上に昇る朝日が、紫やピンク、水色やグレイに彩る「サンライズ・アンコール」に歓声をあげ、ベトナムでは伝統芸能を堪能し、日本のすげがさに似たノンを被ってのメコン川クルーズやシクロ（三輪自転車タクシー）に乗って裏道を巡ったことなど、旅先で出会った人々の話は、私の異国への旅心をそそった。

しかし楽しい旅の一方、ベトナム戦争当時、枯葉剤によって下半身がつながった双子のベトちゃんドクちゃんに想いを馳せ、枯葉剤被害者を支援する店でサンダルやコースターを求めながら、不自由な手で布地に刺繍する子供たちの姿を見て胸が痛んだという。お話を聞きながら、『地雷でなく花をください』（自由国民社）を英訳された相馬雪香先生のことが思い出され、出会いの妙を感じた。

当時、「難民を助ける会」で陣頭指揮をとっていらした相馬雪香先生は、日韓女性親善協会会長の重責も担っていらした。私が主宰していた『鳳仙花』にも文を寄せていただき、「韓国を知るには『鳳仙花』を読みなさい」と友人知人に購読を勧めてくださっていたのだが、そのお一人が山花さんだった。奇しくもこの会で、『地雷でなく花をください』を山花さんから聞くことになろうとは！　出会いは偶然のようで必然的なものかもしれない。

後半のお話は、旅の想い出話に続き持参の絵本を見せながら歌と語りへと移っていった。美しい絵本で目を楽しませ、耳から入ってくる快いことばが想像力をかきたてる。最後に韓国語と日本語で子守唄（チャジャンガ）の読み比べとなった。韓国で最も知られている「チャジャンガ」を韓国から来られたばかりのイ・スギョンさんの先唱でみんなが声を合わせた。遠い昔の懐かしい記憶がほんわかと浮んできて、まるでゆりかごの中で童心にかえっていくようだった。

今回も多くの新しい出会いが生まれた。このように日・韓の出会いが増えれば、「異文化を愉しむ会」の願い通り、互いの文化や生活習慣の異なりを理解し合い、愉しみながら、信頼しあえる隣人として、互いに手を携えていく力が湧いてくると確信する。

（初出『東洋経済日報』二〇一三年七月二十六日付）

伊豆を旅して。
左から李君子さん、張順秋さん、山花郁子さん、陸久美子さん、私。

坡州ブックシティ「知恵の森」で金彦鎬理事長と

桜が街道筋を華やかに彩っていた四月十日、私は成均館大学院生の金恩淑さんの案内で京畿道・坡州(パジュ)のブックシティ（坡州出版文化情報産業団地）を訪ねた。知人が寄贈した蔵書を見てみたいと館内の「知恵の森」を見学していた折、思いがけなくも大きなカメラをぶら下げた金彦鎬(キム・ウォンホ)理事長にお会いする幸運に恵まれた。こんな奇遇があるのだろうか！

氏は韓国の中堅出版「ハンギル社」の創立者で韓国出版界のリーダー的存在。現在坡州bookソリ・フェスティバル組織委員長や出版都市文化財団理事長を務めていらっしゃる。午後から会議が予定されていたにもかかわらず、私たちを社長室へとご案内下さった。社長室の入り口には墨書の大屏風が立て掛けてあり、室内に入ると氏の写真やうず高く積まれた古今東西の書物が壁面を圧していた。

限られた時間ではあったが、軍事政権だった一九七六年にハンギル社を創立されたいきさつや在日の歴史学者姜在彦先生との思い出話等々うかがう中で、氏の出版界における歩みの片鱗をかいまみるようだった。記念にいただいた著書『本でつくるユートピア』（北沢図書出版、舘野晳訳）の帯には「信念のままに本を作り続けてきた韓国出版人の激動の半生」とある。「本の虫」そのもののような氏の来し方をお聞きしたばかりだったからか、壁面びっしり本棚で埋まった「知恵の森」を背景にした扉の写真は、氏の出版人としての熱い想いを象徴しているかのように私には思えた。ハンギル社創立からの歴史は、民主化闘争への歩みの時代とも重なっている。読み進むうちに、〝出版社という視角を通して〟韓国現代史の一断面や、韓国社会の日本への視線もかいま見えてくる。塩野七生の「ローマ人物語」など日本文学の出版に関しても多く触れられている。巻末の「野良の母を懐かしむ」は、オモニムや故郷への想いが切々と情感豊かに綴られていて珠玉のような短編。感動を覚えずにはいられない。

ブックシティは、軍事境界線近くにあり四十八万坪という巨大な敷地内に出版企画、編集から印刷、物流、流通に至るまで全工程を一箇所で行い、出版事業の効率化による出版文化産業の発展を目的に二〇〇四年にオープン。団地内には、ブックカフェやレストランなどが点在していてモダンでアートな建物が林立している。韓国ドラマ『キラキラ光る』の撮影はここが舞台となったそうだ。隣村には「ヘイリ芸術村」がある。韓国の美術、映画、建築、音楽など様々な分野の芸術家が集まるアーティスティックな芸術村。金彦鎬理事長を中心に「武器ではなく文化・芸術の力で、韓半島の平和や統一に寄与しよう」との構想の下に実現した。映画の撮影所や野外劇場、ギャラリーなどユニークな建物が目を引く。半生を出版文化や芸術を守る運動の先頭に立ってこられた金彦鎬理事長の夢の舞台、まさにユートピアである。この千載一隅の出会いは、夫の墓参のため訪韓した私へ、あの世の夫からの粋なはからいだったと信じることにした。夫が逝って四年目の春が過ぎようとしている。

(初出『東洋経済日報』二〇一五年五月一日付)

大竹聖美さんと韓国の絵本

昨年の十月、絵本作家大竹聖美さんを囲む機会を得た。「韓国の絵本作家との十年間の交流を通して」と題しての講演で、著者たちとの交流の写真や美しい絵本などを見せていただいた。

この会を主催したのは、二〇〇一年から調布市を拠点に活動している「異文化を愉しむ会」で、地域の住民とコリアンたちが face to face の交流を通して、互いの文化や生活習慣を知り、その異い(ちが)を愉しみながら、共に信頼し合う隣人として手を携えていきたい、との思いから発足した会である。会の発足十周年を迎え、特別企画として大竹聖美さんをお招きした。

当日は絵本の読み聞かせなどを長く続けている児童文学者の山花郁子さんや在日の絵本作家尹正淑さんも参加され、興味深く耳を傾けていた。絵本に親しみをもっている方たちの参加とあってか、会場はいつになく和やかで優しい雰囲気にあふれていた。

絵本に親しむ機会の少なかった私は、韓国の絵本を手に取って、装丁の素晴らしさにくぎ付けになってしまった！　表紙はまだ見ぬ物語への扉。とくに『十長生をたずねて』（チェ・ヒャンラン著、大竹聖美訳、岩崎書店／二〇一〇年）は、あまりにも美しい色使いに、ひと目見ただけでも手にとってみたい誘惑に駆られる。ページをめくれば、不老長寿を象徴する太陽・松・鶴・鹿・不老草（霊芝）・岩・水・亀・山・雲の絵が、夢と幻想の世界へと誘ってくれる。絵本好きの孫娘の喜ぶ顔が浮かんできて、韓国旅行の土産は迷うことなく『十長生をたずねて』に決めたほどだ。

大竹聖美さんが韓国の児童文学に興味をもつようになったのは、小学校五年生の時で、図書館で韓国の民話を見つけ、虎やトッケビやキムチの甕などが出てくるのがおもしろくて、その不思議な魅力にとりつかれ、民話の世界にたっぷりと浸ったそうだ。

大学四年次にゼミで児童文学の受賞作品を読むことになり、李相琴著『半分のふるさと』(福音館書店)を選んだ。ゼミでは自分が選んだ作品の作者や編集者を直接訪問して取材することになっていたので、ソウルに出向き梨花女子大学で李相琴教授のお話を聞いたという。その後大学院生の一九九七年にソウルで開かれたアジア児童文学大会に参加し、修士課程を終えてから韓国に留学することになる。

ちょうど金大中氏が大統領に就任した年で、韓国では民主化運動の全盛期を迎え、出版運動も民主化とともにあった。その流れから「オリニ図書研究会」が正式に発足し、それまで主流をなしていたグリム童話やアンデルセン童話から、民族固有の文化に基礎を置いた創作童話を推奨していくことになる。

六〇年代生まれで、八〇年代の民主化運動の時代に大学に入学し、独裁政治の抑圧の中で噴出した民主化運動や学生運動を経験し、経済発展と開発による急激な暮らしの変化の中で生きてきたいわゆる「三八六世代」。その彼らが九〇年代半ばに子育てに直面することで、絵本に限らず映画やドラマ、音楽、あらゆる分野で韓国の現代文化に変革をもたらす活躍をしたともいわれている。

韓国初の子どもの本専門店「초방책방(チョバン)」がオープンしたのは一九九〇年、社長の申慶淑さんはアメリカで学んだ絵本の知識や公立図書館のコーナーの空間演出法を取り入れ、『マンヒの家』(クォン・ユンドク絵と文/一九九五年)、『ソリちゃんのチュソクばなし』(イ・オクベ絵と文

／一九九五年――名実ともに韓国を代表する絵本作家の一人で、韓国で初めてブラティスラヴァ世界絵本原画展にノミネートされた）、『サムルノリ物語』（クワン・ヨンゴン絵、キム・ドンウォン文／二〇〇一年――韓国出版文化大賞受賞作）など韓国の文化に根差した優れた絵本の企画を行った。彼女は韓国国際児童図書評議会（kbby）の会長や二〇〇五年ボローニャ国際絵本展の審査員なども務め、韓国絵本の発展に大きく寄与している。

ほかに「チョバン」企画ではないが私の好きな絵本に、『チャジャン歌』（ペク・チャンウ詩、ハン・ジヒ絵／二〇〇二年）がある。これらの作品を読んでいると、暖かで充ち足りた幸せな気分になると同時に韓国の文化に対する自負心をもち、文化の多様性を尊重する子供たちを育てたいというメッセージが伝わってくる。

『マンヒの家』（みせけい訳、セーラー出版社／一九九八年）は、ソウルに住むマンヒが祖父母の住む郊外に引っ越し、その昔ながらの伝統文化や暮らしがつまっている家との出会いを描いた絵本。

『ソリちゃんのチュソク』（みせけい訳、セーラー出版社／二〇〇〇年）は、祖先の墓参と祭祀を執り行なうために、ソウルから帰省ラッシュをくぐり抜けて、伝統的な生活様式を続けている田舎の祖父母宅へ帰る。伝統的な韓国式家屋に親戚一同が集まり、十五夜の月を愛でながらソンピョン（秋夕に供えるお餅）や新米で炊いたご飯を供え、子孫を守ってくれる祖先へ感謝をこめて茶礼（タレ）を執り行うという内容。余談になるが、茶礼床（タレサン）には、ソンピョンやご飯のほかに収穫したばかりの栗やなつめ、それにナムルに肉、魚などを供え、今年の豊作を祝い、来年の豊作を祈り、祖先へ感謝をこめて沢山の料理が並ぶ。

『サムルノリ物語』は、ある日白頭山の麓の静かな国を災いが襲う。王が神に祈ると神は、東西南北で求めた四種類の楽器チン・プク・チャング・ケンガリを一度に鳴らすようにと告げる。チン（鉦）は風を、プク（太鼓）は雲を、チャング（鼓の一種）は雨を、ケンガリ（小さい鉦）は雷を表し、四つの楽器が奏でる楽曲は、天地・宇宙を象徴している。なかでも金属製の楽器は天を、木と皮製の楽器は地を表しているといわれている。韓国固有の音楽であるサムルノリの中にこめられた意味と祈りを、神話の形式をとりながらわかりやすく描いている。

『チャジャン歌』（大竹聖美訳、古今社／二〇〇三年）は、韓国に昔から伝承されてきた子守唄の絵本。日本の代表的な子守唄『ねんねんころり』にあたる歌。新しく誕生した子どもの成長過程と家族の営みを、四季のうつりかわりとともに辿る物語になっている。韓国の民族文化にもとづいた自然観や宇宙観を、子育てする家族の姿を追うことでかいま見ることができる。そして、どの民族、どの文化にも共通するあたらしい命の誕生と成長の喜び、生命力の源について感じさせてくれる。

ほかにも昨年話題になった『非武装地帯に春がくると』（イ・オクベ絵と文／大竹聖美訳、童心社／二〇一一年）など感動を呼び起こす絵本が多数出版されている。この作品は、分断の象徴でもある非武装地帯をテーマに、長い鉄条網が立ちふさがり、人びとの手の届かない場所で生き生きと暮らす動物たちを通して、祖国統一と平和への願いを描いた作品である。

この絵本は、韓国、日本、中国を代表する絵本作家が、平和をテーマにしたオリジナル絵本を制作し、各国で共同出版という絵本史上初めての試みとなるシリーズの第一弾として刊行されたもの。日本は、浜田桂子作『へいわってどんなこと？』（童心社）、中国は、『京劇がきえた日』（ヤン・ホン作／中由美子訳、童心社）の三冊が昨年刊行されていて、どれも次世代を担う子どもたちへ向けた、奥行きの深い平和へのメッセージが込められている。

私が絵本に出会ったのは、子供の頃というよりも、子育てしていた頃かもしれない。特に長女には、添い寝しながらよく本を読んだものだ。何度も読んでいるうちに、娘の方がすっかり諳んじてしまい、私に読んでくれることもあった。まだよくまわらない舌で娘が諳んじてくれたおぼつかない響きや娘の口許までも鮮やかに蘇ってくる。

韓国の絵本が日本で広く注目されるようになったのは、二〇〇〇年に開催された韓国絵本原画展「オリニの世界から」だから、娘を育てていた頃はまだ韓国の絵本は少なく、民話などが数冊出回っていただけではなかったろうか。だから読むのはもっぱらアンデルセン童話集や世界名作集などの外国ものばかり。中学生になってからも『赤毛のアン』シリーズが書棚を飾っていたから。

大竹さんの話は多岐にわたっていた。韓国の作家たちとの交流の中でのエピソードや絵本の紹介などなど、パワーポイントを使っての楽しいお話に時間の経つのも忘れ聞き入った。最後に大竹さんは、「韓国の創作絵本から、民族のオリジナリティーを表現する喜びと固有文化に根差した逞しさを感じる。隣国の豊かな文化が多く紹介され、それらを共有することができれば、日本の子供たちの文化にも新たな可能性が開けるに違いない」と、二時間ほどの講演を結ばれた。

お話を聞いて私は、翻訳者が絵本作家との親密な交流を通して韓国社会に溶け込み、その生活文化に触れながら隣国を理解し、また翻訳を通して日韓の架け橋としての大きな役割を果たしていることを知った。翻訳は書き手と読者をつなぐ大切な架け橋である。両国の歴史認識の違いから大変苦労されながらも、相互理解と痛みの共有への努力を怠ることなく前向きにとりくんでいる姿に感銘を受けた。これからも大竹さんの活躍に注目したい。

「チョバン」は韓国の名門梨花女子大学の裏手にあるそうだ。機会をつくってぜひ訪ねてみたい。上野の国立国会図書館国際子ども図書館は、韓国出版の絵本も多数所蔵しているという。さまざまな夢と空想が広がる隣国の楽しい絵本の扉をお子さんと一緒に開いてほしい。

（初出『地に舟をこげ』七号、二〇一二年）

第6章 観て、聴いて、感じて

韓国「芸術の殿堂」オペラハウスにて（2015年）。ミュージカル「明成皇后」のポスターを背景に記念写真。

映画『道～白磁の人』

紫陽花が色とりどりに鮮やかに染まる頃、新宿のバルト9で映画『道～白磁の人』を鑑賞した。この映画は浅川巧の生誕一二〇年を記念して、八年もの歳月を経て製作されたという。制作過程については、製作委員会事務局長小澤龍一氏の『道・白磁の人　浅川巧の生涯』（合同出版）に詳しい。日韓で製作委員会を結成し、韓国映画振興委員会が外国映画に支援金を出資したはじめての作品であること、日本映画がはじめて韓国でロードショー公開されることなど、はじめてづくしでも話題性に富んでいる。

映画は浅川巧と同僚李青林が、韓国のはげ山の緑化に奔走する中で信頼を深め、民族の壁、時代の壁を乗り超えて育んだ美しい友情と浅川巧の慈愛に満ちた生涯を描いている。『道～白磁の人』は、白磁を愛した浅川巧というよりも、偏見や曇りのない心、温もりの伝わる徳を備えた人柄を白磁にたとえてタイトルにしたのだろう。

朝鮮が日本の植民地下にあった時代に朝鮮総督府林業試験場に技手として勤務した浅川巧は多くの日本人と違って朝鮮人に対する差別意識をもたず、むしろ積極的に朝鮮語を学びパヂ・チョゴリを着て朝鮮人と親しく交わった。彼の偏見のない自由な発想と同僚李青林の協力と助言によって緑化に貢献し研究成果を挙げる。その人柄によって朝鮮人に慕われ、土砂降りの雨の中、巧の死を哀しみ、男たちが慟哭するシーンは、もっとも巧の人柄を浮き彫りにした場面だったろう。

吉沢悠演じる浅川巧が、乱伐された山野を憂い、緑化に嬉々として奔走する姿や朝鮮語の先生でもある同僚ベ・スビン演じる李青林が、巧の一途さにはらはらしながらも見守り助言し協力し、強い絆で結ばれていく姿がとてもよく描かれていた。

急性肺炎で余命いくばくもない巧が、病床で家族に伝えた二つの願い。その一つは、朝鮮民族美術館の爆破に関わったとして西大門刑務所に囚われている李青林に面会することだった。この場面では、受難の時代に朝鮮人として生きなければならなかった青林と、時代と民族を乗り超え日本人巧と育んできた友情の狭間で葛藤する青林の苦悩が伝わり、巧の「カムサハムニダ」の言葉に心の澱が溶けていくようだった。私がこの映画で一番印象に残った場面である。

そしてもう一つは李青林の庭に植えた松を見たいという願い。それは試行錯誤の末、朝鮮五葉松の養苗に成功した巧が、李青林の庭に植えた一本の松である。愛しく見上げる姿は、まるで自分の子供に寄せる慈愛に満ちた姿となって観るものの感動を呼び起こさずにはいられない。冒頭、遠くに富士を望み美しい甲府盆地に聳える峰々を背景に、広々とした草原で幸せそうに土と戯れるシーンと、この松の木の下で息絶える安らかな表情は「それでも木を植え」続けた巧を象徴する秀逸な場面として私には映った。山野を緑にする木も友情の木も植え続けた浅川巧。

巧は一九一四年、二十三歳のとき朝鮮に渡り、朝鮮総督府山林課林業試験場に勤務し、三年後朝鮮五葉松の養苗に成功する。ついでハゲ山にはミヤマハギの植栽が適していることを発見し緑化に貢献する。一方ハゲ山観察のため各地を歩くなかで、民衆が日常生活に使っている陶磁器や膳に魅せられ、柳宗悦が朝鮮の工芸美を見いだすきっかけをつくることになる。

巧は特に飾り気がないのに美しくて温かい白磁に魅了された。当時白磁は、庶民の生活用具として、漬物の壺、皿、茶碗などに広く使われていて古道具屋の片隅に二束三文で積み上げられていて、日常雑器として用いられていた。映画の中では「目から入る音楽」のようだと巧が語っているが、白磁は巧の人柄そのもののようである。

私はこの映画を観ながら、「浅川巧の生誕地を訪ねる旅」のことを思い出していた。

浅川巧のことを知ったのはかれこれ二十年ほど前になるだろう。W大学の学生たちが、課外ゼミで韓国へスケッチ旅行したときの話を聞いてからである。学生たちはソウルに着くと、まずソウル市と京畿道の境にある忘憂里（マンウリ）の丘に眠る日本人浅川巧の墓に直行し、土饅頭の墓の周りの草むしりをすませる。そして日本から持参したお酒を供えて韓国式にクンヂョル（両手を目の高さに重ね、膝を深く折り再拝する）をし、それが終わると韓国の土となり、今も韓国人に慕われている巧について研究発表するのがゼミ旅行の慣例になっているという。

言葉も名前も奪われ、民族そのものが否定されようとしたこの時代に、パヂ・チョゴリを着て朝鮮語で朝鮮人と接し、心から朝鮮を愛した日本人がいたことを知り、驚きと感動で心が震えた。それ以来、浅川巧と兄伯教についての書物などを読み、いつしか彼の生れた故郷や墓所を訪ねたいと願っていたが、河正雄氏（当時在日韓国人文化芸術協会会長・現光州市立美術館名誉館長）主催の「浅川巧の生誕地を訪ねる旅」で、やっとその念願がかなったのである。一九九八年秋のことだった。

めざす高根町は八ケ岳南麓にあって、民家の庭先に柿の木がたわわに実り、ところどころに白樺が林立するのどかな自然郷だった。映画の冒頭、スクリーンに映し出される八ヶ岳のシーンでは、一本の大樹が大写しになり草の上で戯れる巧の幸せそうな表情がアップされ、草の匂いや土の匂いまで伝わってきた。この映画で「それでも木を植える」巧の魂を伝えるためのプロローグとして、広々として緑溢れるこの風景が重要な意味をなしているように思えた。まもなく映画は朝鮮の赤茶けた山肌も無残な山並へ、そして京城（ソウル）駅頭の雑踏の中へと移っていくのだが……。

高根町に着いた私たちは、「浅川伯教・巧兄弟を偲ぶ会」の清水九規氏の案内でまず浅川家菩提寺の泉龍寺に向かい、線香や花を手向けて手を合せた。浅川家の墓は慎ましやかで、墓石には十字の印が刻まれていたが、忘憂里の丘に土葬されている巧の墓は、古墳のように土盛りされ、その周りには芝がはってあった。

墓参を終えて甲川に沿ってしばらく歩くと、敷地の一角に「史蹟、浅川伯教・巧兄弟生誕の地」の石碑がぽつんと立っていた。巧は「僕はいつでも到る処で山野や木や草や水や虫を友として終わりたい」と友への手紙にしたためていたように、巧の望んでいた豊かな自然に囲まれていた。碑石の裏面には「……彼の地における兄弟の活動は、人道主義で一貫、共に朝鮮の美の研究に没頭する。民芸運動の先駆者としても、人々に深い感銘を与えた」と刻まれていた。

浅川巧を縁として訪ねた「浅川巧の生誕地を訪ねる旅」から三年後の二〇〇一年に「浅川伯教、巧兄弟資料館」が北杜市高根生涯学習センターに開館し、二〇〇三年には京畿道の抱川市と北杜市（高根町）が姉妹都市になった。巧の存在さえあまり知られていなかった高根町が、友好親善の拠点となったのである。

巧は自分にも他人においても、地位や名誉を一顧だにしなかった高潔な人だといわれている。ただ黙々と自分に課した養苗技術の開発に専念し、朝鮮の山々に分け入り、そこに生える木々の種子を採集しては苗木にすることを試み、ついに朝鮮五葉松の養苗に成功。世界初の画期的な養苗法「露店埋蔵法」の開発に結びついたのである。十八年間の勤務を通して、多くの業績を残したにもかかわらず、死を前にしてもその職位は判任官の技手のままだった。地位や名誉に価値をおかない白磁のような巧の人柄のままに。

阿倍能成（文部大臣も勤めたことがあり、夏目漱石の門下生で評論家、のちに学習院院長）は「浅川巧さんを惜しむ」の中で、「遺骸に白い朝鮮服を着せ、（中略）朝鮮人共同墓地に土葬したことは、この人に対してふさわしい最後の心やりであった。（中略）平生巧さんに親しんでいた者が三十人も棺を担ぐことを申し出たが、里長はその中から十人を選んだ」と書いている。

林業試験場の職員が建てた墓所の追憶碑には「韓国の山と民芸を愛し、韓国人の心の中に生きた日本人、ここ韓国の土となる」とハングルで刻まれていて、今もソウルの人たちによって手厚く守られている。朝鮮の風土に寄り添い、民衆の苦しみに寄り添って生きた巧へ畏敬と追悼の証しとして刻まれているのだ。

書物や講演などで知り得た浅川巧像が、私の中で畏敬の念をもって大きく膨らんでしまっていただけに、少しばかり映画に物足りなさも感じた。巧の死を哀しみ、土砂降りの雨の中で慟哭し、競いあって棺をかつごうとする場面は、もっと感動的に描いてほしかった。三・一独立運動や関東大震災での反日闘争による民族感情が時代背景として強く描かれていただけに、その間の巧と朝鮮人との交流、朝鮮人に慕われていたという部分の描写がもう少し濃やかに丁寧に描かれていたら、慟哭の場面が唐突な感じでなくもっと説得力をもって迫ってきたのではないか。朝鮮人の苦しみに寄り添いながら生きた巧像がもっとも浮かび上がる場面であってほしかった、と少しばかり残念だった。

しかし、国や民族を越えて共生することの意味、人間の価値とは何なのかを、改めて問い直す機会を私に与えてくれたことは確かである。「それでも木を植える」という巧の魂の叫びは充分に伝わってきた。

監　督　高橋　伴明
キャスト　吉沢　悠・ベ　スビン
原　作　江宮　隆之
脚　本　林　民男

後日談になるのだが、友人の磯貝ひろ子さんから届いたメールの一部を以下に記しておきたい。

『道～白磁の人』を観て参りました。巧さんの娘園絵さんは、私の茶道の師黒田先生の友人でしたので、よくお話を聞いておりましたし、園絵さんが仕立てた仕覆（濃茶器を入れる袋）でお稽古させていただいたことを懐かしく思い出しました。私の最初の著書『父へのラブレター』で書かせてもらいましたが、黒田先生は若い時仁川にお住まいだったようです。井戸茶碗も幾つかお持ちで、焼物のこともいろいろ教えていただきました。

園絵さんは手先の器用な方だったようで、千家十職の袋師の家でお仕事をされていたことが、あったそうです。千家十職とは、茶道具を調製する職人の家ですが、陶器の楽家、永楽家、窯師、指物師、塗師、柄杓師表具師、飾り物師、一閑張細工師、塗師、袋師などです。

袋師は「袱紗」や「仕覆」など茶道で使う布製の道具を仕立てる家柄です。こまごまと美しいものが沢山あります。

私が拝見した、園絵さんの仕立てられた仕覆は、大振りの濃茶器用のもので、くすんだ紅色の地に数種類色糸が矢羽根のように織り込まれた「太子間道」柄の織物で、紐は濃い緑色だったと記憶しております。

茶会は道具の美と技術を愛でる、鑑賞会の場所でもありますから、昔から職人の家を大切にしてきたのです。今はチョッと浮世離れの感がありますが……。でも守って行きたいものだと思っています。

黒田先生は茶花の名手でした。生きていらしゃれば一一〇歳、お洒落でステキな先生でした」。

（初出『鳳仙花』二十六号、二〇一二年）

『海峡を渡るバイオリン』——李南伊さんをお迎えして

「異文化を愉しむ会」発足十五周年特別企画として、「東洋のストラディバリ」と称された陳昌鉉氏のパートナー李南伊さんをお迎えして、『海峡を渡るバイオリン』を鑑賞した。このドラマは氏の同名の自伝をもとにフジテレビ開局四十五周年記念企画・文化芸術祭参加作品として二〇〇四年に放映され、数々の賞を総なめした。

植民地時代の朝鮮の農村を背景に、十四歳で故郷を離れて単身日本で苦学しながら差別や貧困を乗り越え、世界的な名匠になるまでの波乱に満ちた半生が感動的に描かれている。

氏は植民地下の一九二九年、韓国慶尚北道金泉郡梨川里で生まれた。十三歳の時父親が死去、その翌年故郷に母親を残して単身日本へ。そして旧制中学の夜間部に転入し、卒業してからは日雇い労働や輪タクなどで学資を稼ぎ明治大学に入学、教師を目指して勉学に励む。しかし、国籍の壁に阻まれ教師にはなれず、夢と希望を失い苦悩の日々を送っていた。そんなある日偶然にも、日本ロケット開発の礎を築いた糸川英夫博士の講演「名器ストラディバリの研究論文発表」を聞く。ストラディバリの音色を再現することは永遠に不可能との話に、その不可能の再現に向けてチャレンジすべく、バイオリン製作へ向けて運命を切り拓いていく。

しかし朝鮮半島出身だということで弟子入りを拒まれ、仮想のストラディバリを師と仰ぎ、視線の彼方にストラディバリを重ね、試行錯誤を繰り返しながら失敗と挫折の日々を送る。やがて木曽福島

に落ち着き、自力で内壁も天井もない丸太小屋のバイオリン工房を建て、かつてより想いを寄せていた李南伊さんと結婚する。そしてロビンソン・クルーソーのような二人の生活が始まる。

夫の夢を叶えるため、砂利採りで極貧の生活を支える献身的な妻、バイオリンの価値は音とニスの色にあると、干したミミズの粉末や長男の便等、およそ考えつくもの全てをニスの原料にと試し、究極の音と色を求めて憑かれたように没頭する夫。夫婦の息詰まるほどの苦闘シーンがつづく中、四季折々の美しい風景が画面を彩り、「鳳仙花」や「荒城の月」の哀愁に満ちたバイオリンの旋律が、物語をより感動的な高みへと誘ってくれる。

一九七六年、国際バイオリン・ビオラ・チェロ製作者コンクールにて全六種目中五種目を金賞受賞、八四年、アメリカバイオリン製作者協会より無鑑査製作家の特別認定とマスターメーカーの称号を授与され、ついに夢の実現を果たす。命を燃やしながら究極の音と色を求め続けた氏のことはいうまでもないが、李南伊さんという素晴らしい伴侶の献身的な支えがあり、また人生の転機をもたらしてくれた相川先生や篠崎先生、温かく見守ってくれた医師の丸山先生たちとの出会いがあって「東洋のストラディバリ」が誕生したのだと、人の縁の重なりの妙を感じずにはいられなかった。

（初出『東洋経済日報』二〇一五年七月三日付）

映画『花、香る歌』——女性初のパンソリ名唱となった陳彩仙

この映画を観ながら、南原を旅した時に遭遇した「春香祭」のあれこれが蘇ったきた。純白の花房をたわわにつけたアカシアの香る五月、春香の里、南原を訪ねたのは、日本で「西便制」がヒットしてパンソリが注目されていた頃だった。四方山に囲まれた山紫水明の南原は「春香祭」一色に染まっていた。パンソリがボリュームいっぱいに鳴り響くなか、春香と道令に扮した男女を乗せた花馬車が何台も列を連ねていた。青い目の春香や道令もいて、投げキッスや大ぶりなジェスチャーに、沿道のあちこちから盛んに黄色い喚声が飛び交っていた。初日のパレードに続き、広寒楼苑内外の会場ではパンソリ名唱コンクールや「ミス春香」コンテストなど多彩な行事が催され、私は欲張っていくつも会場をはしごしたものだった。韓国ドラマに出てくるようなカッ（笠）を頭につけ、トゥルマギ（外套）を着た粋なアジョシ（おじさん）もいて、絶妙なタイミングで「オルシクチョッチ」の合いの手を入れる。扇子を開いたり閉じたりしながら身振り手振りを混じえて唱（うた）い、アニリ（語り）で物語をつないでいくのだが、即興でアドリブが入ると場は一気に盛り上がる。これぞパンソリの醍醐味だと興奮したものだ。

横道にそれたが、話を映画に戻そう。高宗の父興宣大院君（明成皇后の義父）が権勢をふるっていた朝鮮王朝末期、女性がパンソリを唱うことは厳しく禁じられていた。この映画は、過酷な時代に抗いながらパンソリの唱い手になろうと懸命に立ち向かう陳彩仙（チン・チェソン）と彼女の夢を叶えさせようと、生命を

かける師・申在孝の波乱に満ちたストーリーである。

逆境でありながらも挫けず、希望の火を燃やし続ける陳彩仙の忍耐と修練、切ない愛などが胸中に伝播して、まるで自分がヒロインになったように感情移入してしまう。特に落成宴での船上での演唱シーンは圧巻で、パンソリファンにとってはたまらない。

また「女にも喉があるのになぜ唱っちゃいけないのか」「男がチマを穿けないように、女にサントゥが結えるだろうか」というセリフにみるように、理不尽に男尊女卑がまかり通っていた女性の積もり積もった恨(ハン)が、聴く者の魂を揺さぶるのだろう。

余談だが、落成宴で唱われた陳彩仙の『成造歌』は、申在孝の創作で、彼女は後に女性初の国唱、名唱と讃えられ、香気漂うパンソリの桃李花となった。


（初出『東洋経済日報』二〇一六年三月四日付）

映画『ヨコハマメリー』――時代に使い捨てにされたメリーさん

「伊勢佐木町ブルース」が、ひときわ大きなボリュームでむせび泣くように流れ、飛行場やカマボコ兵舎、MPや米兵の姿などが次々に映し出された。まるで占領下の横浜の貌を観ているようで、私の中で風化しつつある戦争の記憶を一瞬にして呼び戻してくれた。

この映画は、ハマのメリーさんの通称で米兵相手に娼婦として生きた半生を、彼女との縁にまつわる人々との回想をもとに描かれたドキュメンタリー映画である。メリーさんは白いドレスに白塗りの厚化粧で素顔を隠し、ビルの廊下を根城にして伊勢佐木町の一角に立ち続け、好奇の目にさらされつつ伝説の娼婦となった。

そのメリーさんを、末期癌とたたかいながらも温かく見守り支えてきたのが永登元次郎さんである。元次郎さんの半生もまた、メリーさんに劣らず涙と屈辱の軌跡を辿っていて主人公を凌ぐものだった。私は画面のメリーさんを追いながら、負の歴史の証人でもある元次郎さんの人生をそれに重ねて観ていた。

元次郎さんも戦後「娼婦」として夜の街に立った人だった。その屈辱の体験が、「私はメリーさんをみていると他人事とは思えない。もしかしたら私自身の姿でもあるかも知れない。時代に人が使い捨てにされてたまるもんですか」との憤りのメッセージとなって、切実な共感を呼び起こすのかも知れない。

私がはじめて元次郎さんと出会ったのは、一九八七年夏のこと。「銀巴里」にも出演していた娘キョンスンは、週に二回シャノアール（旧「童安寺」）で弾き語りのステージをもっていた。そんな縁から、オーナーの元次郎さんが企画したリサイタル当日だった。

会場はこの映画にも出てくる魅惑的なパープルカラーのピアノや個性的な絵、美しい花ばなで飾られたゴージャスな雰囲気のシャノアール。元次郎さんの念入りなメイクのお蔭で、見違えるような歌姫に変身したキョンスンは、母国の歌、シャンソン、カンツォーネ、ジャズ……などをそれぞれの国の歌詞（ことば）で唱って喝采を浴びた。

その後、突然に訪れたキョンスンとの哀しい別れ。呆然自失の私に、元次郎さんはキョンスンのCDをつくることを勧めてくれた。「お別れ会」では、CDから奏でる歌声に、ステージで熱唱するキョンスンの姿が重なっていたたまれなくなったものだ。元次郎さん心づくしの手料理も手付かずのままに……。そんなことなどが昨日のことのように思い出され、人の情や出会いの偶然と必然に胸を熱くした。

メリーさんと元次郎さんとの出会いも偶然のようでありながら、時代に使い捨てにされた者同士の必然的な出会いのようにも感じられてならない。この映画のクライマックスは、メリーさんの郷里広島の老人ホームを元次郎さんが訪ねる再会のシーン。ここではじめて素顔のメリーさんが画面に登場する。涙と屈辱の人生を微塵も感じさせないその穏やかな表情に、ほっと胸をなで下ろした。

（初出『地に舟をこげ』創刊号、二〇〇六年）

映画『母たちの村』――女子割礼廃止に立ち上がった母たちの物語

この映画は、西アフリカの小さな村で、古くからの慣習である女子割礼を廃止しようと立ちあがる母たちの闘いの物語である。現代社会においても、割礼という野蛮で残酷な行為が「イスラムの教え」の名のもとに平然と行われているかと思うと、背筋が寒くなり、おもわず下半身が硬直した。

主役コレは割礼をしているために、二度も死産をしている。三番目の娘は帝王切開でやっと産むことができた。だから娘には絶対に割礼を受けさせない。それを知った四人の女の子たちがコレの家に匿ってくれと逃げてくる。コレはこの子たちを守るために家の前に紐を張って聖域（モーラーデ）を作り、施術者や村の長老、母親たちの圧力に屈せず四人の子たちを守り抜く。頑なに伝統を守ろうとする者、伝統である割礼を廃止し、新たな未来を切り開こうとする者。この二つの価値観の衝突を通して、アフリカ社会が抱える問題を浮き彫りにしている。

女子割礼は、男性の処女崇拝や女性器支配、さらには女性の性感を奪うことなどで男性に従属させるための儀式であり、結婚への条件ともなる通過儀礼の一つである。いまもアフリカ社会に深く根を下ろしている伝統的慣習で、これを破り、抵抗することは、村からの追放、鞭打ちの罰を覚悟しなければならない。コレが鞭打たれる場面は、私自身がうめき声をあげたくなるほどすさまじい迫力で迫ってきた。打たれて血まみれになりながらも耐えているコレの姿に、決死の覚悟と母として娘たちに同じ苦痛を与えてなるものかという強いメッセージが伝わる。

やがてコレに反対していた女たちが、頑張れ、倒れるな、とコレに声援を送るシーンは、まるで賛美歌を声高らかに大合唱をしているような祈りさえ感じられた。そして古い殻を破り、あたらしい価値観へと移行する女たちの力強いつながりを予感させる。じ〜んと熱いものが全身を駆け巡り、古い慣習、虐げられひたすら忍従を強いられた女性たちの桎梏からの解放、そして母たちへの賛歌を描いた映画であることに、気付かされるのだ。感動の涙が止めどもなく溢れた。

割礼にはクリトリスだけをえぐりとるもの、同時に小陰唇や膣の周辺を切り取るもの、クリトリスや小陰唇、大陰唇を切り取って外陰部の両側を閉じて癒着させる最も残酷なものの三種類があるそうだ。その弊害は、分娩時、膣口が性器切除後の硬質化や縫合のためふさがっていて、赤ん坊が出られず、窒息死してしまうことや、また排泄、性交時に大きな苦痛を伴い、分娩時には出血多量で死に至ることさえもあるという。

割礼は二千年以上も続いている女性性器切除（ＦＧＭ）で、現在でもアフリカの二八か国で施術されているという。割礼は長い間イスラムの教えと信じられてきた。しかし土着の慣習であることが、宗教者会議の宣言などで知られるようになり、この映画の中でも「イスラムはあの儀式を求めていない」というセリフが出てくる。

監督の熱い想いに現地の人々が協力して作り上げた作品で、主役のコレ・アルド役も、マリのテレビ局に勤務する割礼を受けた女性だという。

この慣習を廃絶するための運動体（ＩＡＣ）は、割礼を「女性性器切除」と名称を改めることによって、この行為の暴力性を世に示した。

（初出『地に舟をこげ』二号、二〇〇七年）

映画『クロッシング』――生きるために別れるしかなかった家族の悲劇

友人から手渡された一枚のチラシ――果てしなく広がる砂漠、英字で書かれたボードを首からぶら下げた男の子が頼りなげに立っている。前に鉄条網が張り巡らされ、「生きるために、別れるしかなかった」と書かれた赤いキャッチコピーが強く浮き立っている。なぜ、生きるために別れるしかなかったのだろう……、と一見矛盾しているようなそのフレーズの理由が知りたくて、私は渋谷のユーロスペースへと向かった。花見日和の土曜日の昼下がり、いつもはまばらな客席がめずらしく満席だった。顔見知りも数人いた。

この映画は、二〇〇二年に脱北者二十五人が北京のスペイン大使館に駆け込んで、韓国に亡命した事件をモチーフに、さらに脱北者百人以上にインタビューを重ね、三年間の取材を基に四年の歳月を費やして製作されたとのこと。メインのスタッフには脱北者も加え、韓国、中国、モンゴルにも出向き秘密裏に撮影したのだという。

映画は、北朝鮮咸鏡南道の寒村の炭鉱で働く元サッカー選手のヨンス一家が、貧しくとも幸せに暮らしている場面からはじまる。友人サンチョル一家とは家族ぐるみの付き合いで、サンチョルは政府から許可され、中国と貿易をしている。ある日、ヨンスの妻ヨンハが肺結核に罹り倒れてしまう。風邪薬さえも手に入れることが難しい北朝鮮、サンチョルに相談するが、政府から禁じられていた製品を持ち込んだ罪でサンチョル一家は連行され、行方が知れなくなってしまう。ヨンスは治療薬を求め当てもなく国内を歩きまわるが、手に入れることができず、ついに家族と別れ、命懸けで豆満江を渡って中国へ。しかし、中国での不法就労が発覚し警察に追われる身となるが、妻の薬代を稼ぐために辛い伐採の仕事をしながら必死で働く。しかし警察の取締りにあい、逃げるときにポシェットを落としてしまい無一文になってしまう。

その後韓国のNGOの手引きでドイツ大使館に逃げ込むことになるのだが、ことの成り行きで思いもしなかった韓国に亡命するはめになり、家族とますます遠くに引き離されてしまう。

その間北朝鮮では妻のヨンハが息を引き取り、孤児となった一人息子のジュニは父を捜しに中国へ向かう。しかし脱北が発覚し強制収容所に入れられてしまう。そこで思いがけなくも幼な馴染みのミソン（サンチョルの娘）と出会うが、やがて彼女は飢えと皮膚病に苦しみながら死んでいく。ミソンの遺体を物体のように引きずっていく係員に向かって「連れて行かないでくれ！」と絶叫するジュニ。ミソンに淡い恋心を抱いていたジュニの哀しみと悔しさがひしひしと伝わってきて、いたたまれなくなってしまった。人命を無視した扱い、皮膚病が悪化し蛆虫がわいていても、薬を与えられることもなく放っておかれ死に追いやられる収容所の様子が生々しく、目を覆いたくなる。

韓国に連れて行かれたヨンスはすぐに息子捜しを依頼する。仲介者によってジュニは中国の国境を越え、モンゴルの砂漠へ脱出する手筈がととのう。やっとソウルにいる父と携帯電話で話すことができたジュニは、父の言いつけである「母親を守れ」なかったことを泣きながら詫びる。妻の死を知ってヨンスは「神様も豊かな国にしか住んでいないんじゃないですか！　そうでないなら、なぜ北朝鮮はあんなに放っておかれるのですか！」と天を仰ぎ慟哭する。この映画で伝えようとする監督の強いメッセージ……過酷な現実の理不尽さや人間の尊厳への畏怖がびんびんと伝わってくるシーン。

やがて搭乗時間が迫り、モンゴルでの再会を誓って携帯は切れた。しかし無情にも父との再会は果たせず、ジュニは広大なモンゴルのゴビ砂漠をたった一人で彷徨しながら力尽きてしまう。満天の星空のもと、朦朧とするジュニの意識のなか、父とサッカーに興じる幸せな回想シーンが映し出され、やがてジュニは静かに息を引き取る。幻想的な映像と美しくも哀しい音楽によるこのクライマックスシーン、あまりにも哀しい結末に心がゆさぶられる。「どうしてくれるの！」「どうしたらいいの！」と叫びたくなる衝動をどうすることもできなかった。客席のあちこちからはすすり泣きが漏れ、隣席の女性はハンカチで目頭を押さえていた。

この映画は、体制批判のため、または脱北者の哀しみだけを伝えるためではなく、生きるか死ぬかのぎりぎりの状況にあっても家族や故郷に思いを馳せ、人間らしく生きようとする愛の物語を描きたかったのだと私には思えた。そして、この瞬間にも餓死しつつある北の人びとや脱北者の置かれた現実を直視しなくてはならないという強いメッセージが、臨場感溢れる映像からひしひしと伝わってきた。そして生きるために必死だったことが家族の別れや死へとつながって悲劇をもたらすというこの現実をどう捉え、向き合っていくのか……、考えるきっかけをつくってくれたのではないだろうか。

キム・テギュン監督は、この映画制作の動機を、十年前に観たあるドキュメンタリー映像に強い衝撃を受けたからだという。その映像には、コッチェビ（浮浪児）たちが道端に落ちているうどんを拾い、汚いどぶ水ですすいで食べている悲惨な姿が写っていた。このような苦難と試練に耐えている状況を知り、深く恥じたという。「生きるために別れるしかなかった家族の悲劇を通し、『片一方の彼の地』に住む人々の涙とその理由を知りたい」とインタビューで応えている。綿密な準備と監督の真摯な姿勢が、家族の絆や情を軸に、リアルな映像とともに、この映画を価値ある上質のものにしていた。

ヨンス役を演じたチャ・インピョ(車仁杓)はインタビューで次のように応えている。「おぼれている人を助けようとしている人に、あなたは左派なのか右派なのかと質問することほど愚かなことはない」、そして「子供たちの未来のためにも南北問題が早く解決されるべきだ」とも。

瀋陽の日本領事館に駆け込み、韓国に亡命したハンミちゃんの家族は、その後どうしているのだろう……。絶望的な現実から生きる希望を見つけようと必死になってハンミちゃんたちは国境を越えたのだ。幼いハンミちゃんのあのおびえた姿が、ジュニと二重写しになって迫ってくる。楽園の祖国を信じて帰国した私の友人たちのその後は……、まだ生きているだろうか……。

映画が終わって、字幕スーパーが流れる暗がりの中、私は急いで映画館を後にした。顔見知りの彼女たちと目を合わせられなかった。そのほとんどが帰国者と縁の深い人たちだった。この映画が突きつけてくる現実は、あまりにも重苦しく、彼女たちの心情を思うといたたまれなかったからだ。重い気持ちを引きずりながら、私にできることはどんなことだろう……、と自問しながら帰途についた。

(初出『地に舟をこげ』五号、二〇一〇年)

映画『ザ・テノール 真実の物語』——国境を越えた強い絆

韓日合作映画『ザ・テノール 真実の物語』を観た。アジア史上最高のテノールと称された韓国人オペラ歌手ベー・チェチョル氏と、氏の歌声に魅了された日本人プロデューサー輪嶋東太郎氏との国境を越えた友情を描いた実話である。

ベー・チェチョル氏は漢陽大学校声楽科を卒業後、イタリアに留学しヴェルディー音楽院で学ぶ。欧州各地のコンクールで入賞し、テノールのリリコ・スピント（輝かしく強靭な声）の持ち主と称賛され、実力が高く評価されていた。

主役に抜擢されヨーロッパで旺盛に活躍をしていた二〇〇五年、突然甲状腺がんの宣告を受けるという悲劇に見舞われる。手術を受けるが、摘出手術の際、声帯と横隔膜の両方の神経が切断され、歌手として最も過酷な歌声を失う。その上、右肺の機能まで失い、歌声に必要な三つの神経全てを失ってしまう。

この状況を憂慮した輪嶋氏の奮闘と尽力により、声帯機能回復手術の第一人者である京都大学の一色信彦名誉教授の存在を知り、氏の執刀による甲状軟骨形成手術を受ける。術後、声帯機能回復に向け厳しいリハビリに取り組むが、なかなか元の声にはもどらず、もがき苦しみ生きる望みを失って呻吟する。苦しみのたうちまわる氏を、輪嶋氏の献身的な励ましと支えによって、過酷な試練を乗り越え、ついに信じられないような奇跡をまき起こし舞台復帰を果たすまでが感動的に描かれている。

もう一つの魅力は、劇中ベー・チェチョル氏の歌声が、氏の全盛期の歌声で吹き替えられていて、テノールのリリコ・スピントの魅力を存分に堪能できること。なかでも悲嘆にくれる場面での「オセロ」のアリアは圧巻で、映画館にいることを忘れ、スタンディングオベーションしたくなるほど魂を揺さぶられる。また復帰後に感謝と祈りをこめて歌う「アメージング・グレース」のシーンでは、信仰をもたない私でさえ、敬虔な祈りを捧げたくなるほど深い感銘をうけた。ユ・ジテ氏の迫真の演技と美しいオペラの名曲に、まるでシネマ・オペラを観ているような錯覚さえ覚える。

音楽を通して出会った二人が、国境を越えて強い絆と信頼を育んでいく愛と友情を軸に、厳しい試練を乗り越え、奇跡の舞台復帰を実現させる勇気と感動の物語である。韓日関係がぎくしゃくしているいま、政治的な緊張関係を解きほぐしていけるのは、こういう映画や音楽を通して理解し合い、「きみとぼく」「あなたとわたし」が、国籍、民族を越えて繋がっていくことではないだろうか。

随分古い話で恐縮だが、あるコンサート終了終のパーティー会場で、オペラ普及活動をしていた岸田今日子さん、富士真奈美さん、吉行和子さんの三人と輪嶋東太郎氏にお会いしたことがある。その時の印象も素敵だったが、この映画を観て、ますます輪嶋東太郎氏の熱烈なファンになってしまった。

ブラボー！

（初出『東洋経済日報』二〇一四年十月二十四日付）

ミュージカル『パルレ』――人間の心の垢を洗い流して明日に向かう

東京には珍しく横殴りの大雪が吹雪いていた一月三十日の昼下り、ロングのダウンコートに身を包み、ミュージカル『パルレ』を観に博品館劇場に出かけた。劇場に入るとロビーは著名人からの豪華な贈花でびっしりと埋まっていて、馥郁（ふくいく）とした花の香りがぷーんと漂ってきた。ひときわ大きく目立っていたのは「川島なお美さんへ」の花々。

舞台は、吸い込まれそうな満天の星空の下、都会の路地裏のおんぼろバラック長屋にナヨンが引っ越してくるところから始まる。その長屋には障害者の娘の行く末を心配する高齢の大家のアジュンマやモンゴルやフィリピンから不法滞在しながら働く外国人移住労働者たちが肩寄せあいながら住んでいる。

ある日ナヨンは勤務している書店で、社長の横柄で横暴な扱いに我慢できず刃向ったところ、遠方の倉庫勤務を命じられる。不当な仕打ちに怒り絶望するナヨンをモンゴルからの移住労働者ソロンゴが優しく励ます。やがて二人の間には恋が芽生える。物語は、ナヨンとソロンゴの恋を軸に、傷つきながらも、厳しい環境のもとで屈することなく懸命に生きる外国人を含めた社会的弱者が、ソウルの路地裏を背景に繰り広げる人間模様を描いている。昨日の辛く、悔しく、許せない理不尽なこと（垢）を綺麗に洗い流して、まっさらな心で明日へ向かって力強く生きようという『パルレ』のメッセージが伝わってきて感動を呼ぶ。

主役のナヨン役平田愛咲さんは、父親が日本人で母親は在日韓国人のダブル、そしてソロンゴ役の山口賢貴さんは日本人の父とフィリピンの母とのダブル。キャスティングにも共生の意識が働いたのだろうか……。　大都会の闇や多民族、多文化共生社会をテーマにした重い素材を、ウイットに富んだ風刺をきかせながら軽妙なタッチでさわやかに、人々の哀歓を、笑いと涙で描いていて心温まる作品に仕上げている。音楽もロック、タンゴ、ブルース、演歌などで民族色豊か。

期待以上だったのは、川島なお美さんの歌唱力と演技力、主役を凌ぐほどだった。『失楽園』のイメージが強かったのだが、こういう社会派のミュージカルにも出演する女優さんだと知り、とても親近感を覚えた。そして三波豊和さんの導入部での語り口、カーテンコールでの演出やアドリブが観客との熱い一体感を醸成していた。主役以外の俳優六人が、一人何役も演じ分けるのも見所。オペラもそうだが、なんといってもカーテンコールはわくわくする。

尚この作品は、二〇一〇年には韓国で名誉あるザ・ミュージカルアワード最優秀作品賞を受賞するなど注目を浴びた。ソウル「大学路（テハンノ）」で、二〇〇五年からロングラン、韓国ミュージカル大賞はじめ、数々の賞を受賞。演出：チュ・ミンジュ・音楽：ミン・チアンホン。次回は韓国語による舞台を韓国で観てみたいと思う。韓国情緒はやはり韓国語で……。

（初出『東洋経済日報』二〇一五年二月六日付）

『鳳仙花――近く遥かなる歌声』――歌は歴史の証人

福岡在住の旧友板井氏から『鳳仙花――近く遥かなる歌声』（ＲＫＢ毎日放送制作一九八〇年）のＤＶＤが届いた。日本と朝鮮半島の近現代関係史を歌を通して紐解くドキュメンタリー作品。タイトルの『鳳仙花』は、韓国近代音楽の祖・洪蘭坡が作曲した曲で、「故郷の春」と共に韓国では知らない人がいないほどの愛唱歌である。「鳳仙花」の哀切なメロディーが、映像を感動的な高みへと誘うなか、植民地下における歌の歴史を多彩な証言者と共に辿っていく。日本に協力せざるを得なかった朴椿石、孫牧人、黄文平ら作曲家たち、また知日派詩人金素雲、後の初代文化部長官李御寧、在日の作家金達壽、李恢成諸氏の三十五年も前の貴重な映像がこのドキュメンタリーを重厚で、秀逸な作品に仕上げている。

映像の中で、吉岡忍氏は「歌は歴史の移り変わりをみてきた証人でもあるのだ」と語っていたが、まさに歌は時代を映す鏡であるのだと、改めて確認することができた。

朝鮮近代文学の先駆者と言われ三一独立宣言書を起草し、その後独立運動の機関誌『独立新聞』の編集を担っていた李光洙は、後に日本に協力し、民族の裏切者として烙印を押された人。その彼に対して、芥川賞作家の李恢成氏は、「民族を裏切った彼は許せない！　しかし、あの時代の民族の限界だった」と語っていた。それは当時の民族の置かれている過酷な状況に抗いきれなかった李光洙を、決して責めているのではなかった。むしろ民族の独立運動に深く関わっていたにもかかわらず、変節せざ

るを得なかった彼が、どれほど苦しみもがいただろうかと、李光洙の苦しみに寄り添いながら語っていたのがとても印象深かった。あの時代の制約の中で節を守り通すことがいかに難しいことか、李光洙の生き様が如実に示している。一方柳宗悦の「朝鮮人を想う」の一節「日本は多額の金と軍隊と政治を送ったであろうが、いつ心の愛を贈った場合があるだろうか」は、日本にもこういう人がいたことを忘れてはなるまい。歴史を俯瞰するとき、何が正しいと一概に言いきれないのが近現代史なのかもしれない……。

金素雲は「相剋の歴史の壁を壊すのは温かい感情が必要」だと語っている。また提岩里事件で生き残った田ハルモニは「バイブルでは汝の敵を愛せよ、というでしょう」と、恨(ハン)多い人生にもかかわらず映像に映る彼女の顔はとても穏やかに見えた。この二人の証言からも、このドキュメンタリーは歌の歴史を検証しながら、過去を克服するためには、恨解き(ハンプリ)と和解が必要なのだと伝えたかったのではなかったか、そう思えてならなかった。

エンディング近くで吉屋潤がギターを爪弾きながら歌う、♪優しき花影／鳳仙花咲く頃……を聴いているうちに波立っていた心が、静謐さをとり戻していくようだった。過去を克服するとは、静けさと温かさをとり戻したときなのだろうか……。それにしても「他郷くらし（タヒャンサリ）」や「木浦の涙」は、なぜあのように悲しい旋律なのだろう。やはり歌は時代とともに、今、民衆の暮らしと共に生き続けたのだ。

（初出『東洋経済日報』二〇一五年六月五日付）

ミュージカル『明成皇后』──日本軍に殺害された国母の物語

中国戦勝軍事パレード出席の朴槿恵大統領を、閔妃（明成皇后）に例えた産経新聞の記事に韓国政府が激しく糾弾していた頃、私はソウルにいた。折しもミュージカル『明成皇后』二十周年記念公演の最中であった。昨年『レベッカ』を観て以来、韓国のミュージカルにすっかりハマってしまい、話題の『明成皇后』をぜひ観たいとゲストハウス近くの安国駅から地下鉄に乗った。三十分ほどで南部ターミナル駅に着き、下車してしばらく歩くと、ソウルが誇る芸術複合施設・芸術の殿堂オペラハウスが道路を隔てて間近に見える。一九九四年ソウル定都六百年記念公演田月仙主役のオペラ『カルメン』を観て以来二十一年ぶりである。

ミュージカル『明成皇后』は、小説家イ・ムンヨルの『キツネ狩り』を原作に明成皇后死後百年の一九九五年に初演され、翌年に韓国ミュージカル大賞はじめ、賞を総なめし韓国ミュージカルを代表する作品とされている。

この作品は、朝鮮王朝最後の二十六代王・高宗の正室で閔妃とも呼ばれた明成（ミョンソン）皇后が、大韓帝国へと国号が移行する前の一八九五年に斬殺された「乙未事変」を題材にしている。日本では角田房子氏の著書『閔妃暗殺』（新潮社）によって広く知られているが、排日・親露政策をとっていた閔妃に対し、日本公使の三浦梧楼は、閔妃の政敵である大院君を擁して親日政権を作ろうと画策。一八九五年十月八日早朝、日本軍守備隊、警察官らによる一団が王宮の景福宮を襲撃し国母である明成皇后を斬殺した事件をいう。世界史上類例を見ない暴挙で、いまなお日韓関係に暗い影を落としている。

ステージは豪華絢爛、特に結婚シーンでの華麗で優美な衣装や宮廷の模様など目を楽しませてくれる。やがて舞台は、大陸侵略にひた走る日本帝国、西欧列強による外圧が激しい状況の中での明成皇后と大院君との対立、そして明成皇后が斬殺されるクライマックスシーンへ。波乱に満ちた生涯が、主演者たちの磨かれた声と迫真の演技によって見事に演じられ、舞台にくぎ付けにされてしまった。グランドフィナーレでは、純白の衣装をまとった明成皇后が祖国の永遠の繁栄を渾身の力を込めて高らかに歌って幕が降りる。

尹浩鎮(ユン・ホジン)演出は、国際感覚の備わった女性、時代を導き切り拓いていく聡明で強い明成皇后像を描いていた。「雌鳥が鳴くと家が滅びる」と言われたのはいつのことだったか……。歴史の評価も時代と共に変わっていくものだ。

当日の明成皇后役はキム・ソニョンで『マリー・アントワネット』など大型作品でタイトルロールを演じている実力派女優というだけあって、魅力的な声の持ち主。一方最後まで明成皇后を守ろうとした男性主人公ホン・ゲフン(洪啓薫)役には、日本で『レ・ミゼラブル』のジャン・バルジャン役を演じた劇団四季出身のキム・ジュンヒョ、声も姿も最高! 朝鮮王朝二十六代王高宗役には、日本公演『三銃士』にも出演したミン・ヨンギなど豪華キャストが華を添えている。産経新聞の例の記者にも観てもらいたかった。


(初出『東洋経済日報』二〇一五年十月九日付)

ミュージカル『李香蘭』――歌は時代を映す鏡

昨年の十二月、「自由劇場」でミュージカル『李香蘭』を鑑賞した。劇団四季専用劇場である「自由劇場」は、五百席ほどのこじんまりしたシアターで「正統な新劇を継承する運動を継続するための基点となるべく、劇団創立五十周年を記念して建てられた」と説明にある。

出迎えてくださった広報担当のTさんにご挨拶して席に着くと、舞台正面の緞帳が目に飛び込んできた。地平線の彼方へ今まさに沈まんとする真っ赤な夕陽を背に、果てしなく広がる荒野を驢馬（？）をひき帰路に就く老人の姿。この物語の時代背景を暗示するかのよう……。

舞台は李香蘭が満州映画協会（満映）の主演女優として日本の宣伝工作に加担した罪を問われ、死刑を求刑される軍事法廷の場面から始まる。自分は中国人ではなく山口淑子という日本人であると告白すると、周りは衝撃を受けざわめく。

やがて舞台は時空を超えて子供の頃の回想シーンへと移っていく。李香蘭の父は、日中友好の夢を幼い娘に託して、親友中国人将軍の養女にし、李香蘭という名前を授かる。

関東軍は日本の大陸政策を正当化するための宣撫工作の一環として満映を新設。そして李香蘭を満映からデビューさせ、歌う中国人女優として売り出し、瞬く間に日本でもアジアでも人気は高まっていく。

次第に戦局は悪化の一途を辿りやがて敗戦を迎え、冒頭の裁きのシーンへ。自分を生み育んでくれた中国への愛、若さと無知ゆえに犯した過ちを詫びながらを切々と歌うここでの「アリア」は、祈りや心の叫びとなってもっとも心を打つ。いよいよ判決の時、「憎しみを憎しみで返すなら、争いはいつまでもつづく。徳をもって怨みに報いよう」と、裁判官は無罪を宣告し、やがてフィナーレへ。

歌は時代を映す鏡だと以前に書いた記憶があるが、劇中歌「蘇州夜曲」や「夜来香」のメロディーは、あの時代の空気を蘇らせ懐かしさを伴って胸を揺さぶる。まさに歌を通して、近現代史を紐解く舞台ともなっている。

李香蘭の本名は、山口淑子、一九二〇年に旧満州の撫順で生まれ、満映から李香蘭の名でデビュー、戦前戦中を日中間の激動する狭間で中国人女優として活躍し一世を風靡する。戦後日本に帰国してテレビのワイトジョーの司会や参議院議員を三期務め、一昨年九十四歳で亡くなる。晩年は、アジア女性基金副理事長として元従軍慰安婦の救済にも奔走し、蘇州の撮影現場に兵隊に連れられて来ていた元慰安婦の一人とは後に親交が続いたという。

終演後、Tさんの配慮で浅利慶太氏とお話する幸運を得た。戦後七十年の節目に「李香蘭」の再演は、過去の怨念を乗りこえ、友好と平和、許しのメッセージを込めた「和解」がテーマだったこと。同時に、純粋に満州国にユートピアを求め、軍に利用され、挫折してしまった人々の夢の跡を、李香蘭の数奇な足跡を辿ることによって、戦争の悲惨さや人間の愚かさ、弱さを歴史の記憶に留めておきたい、との氏の想いが強く伝わってきた。

（初出『東洋経済日報』二〇一六年二月五日付）

ミュージカル『対馬物語』——二国間で苦悩する対馬藩主宗義智

昨年の十一月二十七日、早稲田大学大隈記念講堂で、対馬市民劇団の「漁火」によるミュージカル『対馬物語』が上演された。

このミュージカルは、豊臣秀吉による朝鮮出兵から、天下分け目の関ヶ原の合戦で西軍に加わって敗北後、家康の命により国書を偽造して朝鮮との国交回復のために奔走、「朝鮮通信使」の来訪実現までの激動の時代を生きた対馬藩主宗義智（そうよしとし）の物語。国境の島・対馬は山が多く平野が少ないため稲作がふるわず、対馬にとって朝鮮との交易は藩存亡の生命線ともなっていた。にもかかわらず豊臣秀吉の命により心ならずも朝鮮出兵することになる。二つの国のはざまで苦悩する対馬の苦難の歴史を背景に、キリシタン大名小西行長の娘マリアとの夫婦愛と受難の生涯を軸に描いたドラマティックで壮大な歴史ミュージカル。脚本はジェームス三木。愛しあいながらも運命に引き裂かれ、静かにマリアが去っていくシーンでは戦国時代の女性の哀しいさだめにすすり泣く声も聞こえた。フィナーレでは、「朝鮮通信使」の来訪を祝い、コーラスをバッグに和太鼓が響き渡り日本舞踊や韓国舞踊が舞台を華やかに彩っていた。

今回の公演は、日本と朝鮮半島の交流に対馬が果たした役割に光を当て東京から発信したいと、通信使ゆかりの自治体などで構成するＮＰＯ法人「朝鮮通信使縁地連絡協議会」と対馬市の共催により実現した。「誠信の交わり」を掲げた通信使を世界に誇れる平和の歴史と位置づけ、日韓共同でのユネスコ世界記憶遺産登録に向けた機運を盛り上げようとの企画。二〇一一年の初演以降、対馬をはじめプサンでも公演をおこない、通信使の最後が江戸だったこともあり今回が東京での初公演となった。

終演後、ロビーに出ると朝鮮通信使行列の人形が展示されていた。私は人形の表情があまりにもユニークだったので思わずシャッターを切ったが、後に対馬在住の人形作家兵頭順子さんの作品だと知った。通信使が最後に来日した一八一一年の行列絵巻を基に構想を練り、文献を調べるなどして二年かけて制作したもので、馬や音楽隊「楽人」「正使」役の人形も創作し、対馬藩の先導による十メートルの行列を再現させたとのこと。

「当時の人々の笑い声や馬のひづめの音、にぎやかな楽器の音色が響いてくるような物語のある人形を作りたい。子供たちに日韓友好のシンボルとしての通信使を伝えていきたい」との応援メッセージも。

『対馬物語』の公演に先駆けて同日、朝鮮通信使セミナー「朝鮮通信使の集い in 東京」が早稲田大学で開かれ、下関市立歴史博物館の町田一仁館長が「朝鮮通信使に関する記録」のユネスコ記憶遺産登録についての講演があった。

李王朝の新国王の即位や徳川将軍の代替わりのたびに、相互に慶賀の使節を往来させ、一六〇七年以降十二回、朝鮮からの使節団が毎回五百人近く日本を訪れている。二百年間も続いた両国の「誠信交隣」を記録する朝鮮通信使のユネスコ世界記憶遺産登録が実現できるよう期待したい。

（初出『東洋経済日報』二〇一七年一月十三日付）

第7章 惜別の言葉

美山の集落。昔ながらの茅葺き民家を背景に鄭早苗先生と。

在日女性文学への温かいまなざし　安宇植先生を偲んで

安宇植先生が療養中の病院で逝去されたことを知ったのは、朝日新聞の死亡欄（昨年十二月二二日）でした。その一週間ほど前のことですが、韓国文化院の原田美佳さんから、「表彰式には出られるよ」と入院先の病院から元気なお声で電話があったと聞いたばかりでしたので、にわかには信じられませんでした。先生は、韓国文化院主催の韓国文学読書感想文コンテストの審査員長を務めていらしたのです。

安先生は桜美林大学名誉教授で文芸評論家、また翻訳家としてめざましい活躍をなさった方でした。評伝『金史良──その抵抗の生涯』をはじめ訳書は四十冊にのぼり、特に尹興吉の『母──エミ』（日本翻訳出版文化賞を授与）や申京淑の『離れ部屋』は高く評価されています。

年が明けて、「安宇植先生を偲ぶ会」の案内状が桜美林大学の世話人から届き、私も参加させていただきました。二月のまだ寒い頃でしたが、お茶ノ水駅からさほど遠くない東京ガーデンパレスには、すでに大学や出版・翻訳関係の方たちが大勢見えていて、私のように個人的な関わりの者は、幾人もいなかったように思われます。

祭壇には優しい花々に囲まれた先生の遺影が飾られ、その左に設置されたビデオ画面からは先生のドキュメンタリーが流れていました。抑制の利いた懐かしいお声に、先生の愛唱歌「半月」を歌ってらした姿が偲ばれました。弔辞が続く中、親交の深かった南雲智桜美林大学教授は、「先生の訳文によって、原作以上に豊穣な小説世界が次々に生まれていった」と業績を高く称賛されました。

思い起こせば、先生に初めてお会いしたのは一九五四年、今から半世紀以上も前のことになります。私がセーラー服を着ていた高校三年生の頃でした。当時先生は朝鮮総連に属していて、私のための「引入事業」に来られたのでした。「引入事業」とは、ひらたく言うと日本の学校に通っている生徒を民族学校へ勧誘する「事業」です。

当時父は朝鮮総連系の県本部商工会理事長などの役職にあったので、立場上断ることができなかったのか、音大を目指していた私は、千葉県船橋にあった朝鮮師範専門学校への入学を余儀なくさせられました。全寮制での生活でした。そこで母国の歴史や言葉について学び、また将来について語り合った一年間は、私の今日につながったように思います。コリアンとしてのアイデンティティの核のようなものが培われた時期だったのかもしれません。

卒業後音大に進み、卒業の年の秋に結婚したのですが、先生は夫と同じ職場に勤務しておいでした。一九七一年に朝鮮大学を退職されますが、その後翻訳家として、また文芸評論家としてもめざましい活躍をなさったことは周知のとおりです。

同人誌『鳳仙花』を創刊した一九九一年には、『鳳仙花』の顧問として激励や温かいアドバイスをくださいました。「東京新聞」のコラム欄に『鳳仙花』について紹介文を書いてくださったのがきっかけで、創刊十周年のつどいの模様を私が「東京新聞」に寄稿することになりました。

また『鳳仙花』創刊二〇号記念には、韓国文化院との共催で「日韓をつなぐ文化交流のつどい」を開催したのですが、その折、安先生をゲストにお招きして講演をお願いいたしました。演題は「日韓の女性たちが紡いだ言葉の輪」でした。

ここで先生は『鳳仙花』創刊から二〇号までの歩みをたどりながら、在日女性と日本女性の言葉の活動がどのように共鳴し合ったかについてお話しくださいました。そして「二〇号に掲載された文章はレベルが高いものが多い。在日女性の文章発信の場となり、ここから金真須美さんのような作家も誕生した。寄稿者の年齢層も一世から三世までと幅広くなり、各世代のエネルギーが『鳳仙花』で一つになったことを実感する。そして多くの在日女性や日本の女性たちに文章表現の機会を提供してきた唯一の雑誌であるのだから、長く続けていってほしい」と講演を締めくくられました。

あれは一九九四年、伊集院静氏が『機関車先生』で柴田錬三郎賞を受けられたとき、たしか山の上ホテルだったと記憶しているのですが、集英社主催での祝賀パーティーに誘ってくださったのです。

当日伊集院静氏は『愚か者』や『ギンギラギンにさりげなく』などで大ブレークしていた歌手のマッチこと近藤真彦さんや女優の篠ひろ子さんなど芸能界の方たちを大勢連れていらしたのを思い出します。著書でしかお目にかかれないような著名な作家にお会いする機会にも恵まれました。そのとき、田辺聖子氏と一緒に写した写真はいまも大切にしています。

同じ年、短編小説『贋ダイヤを弔う』で第十二回大阪女性文芸賞を受賞し、作家デビューしたばかりの金真須美さんも一緒でした。彼女に刺激を与えたいと思われたのでしょう。受賞したときも、お電話をくださり、「オー・ヘンリーの短編を読んでいるようだったよ、彼女才能あるね」と褒めてくださったのでした。翌年の一九九五年、金真須美さんは『メソッド』で第三十一回文藝賞優秀作を受賞したのですが、そのときにも、真須美さんの才能を高く評価してくださり、「在日の新しい女性作家誕生だ」と、在日コリアンの両義性について書き続ける彼女の作品に、とても期待を寄せてくださっていました。安先生のご活躍を新聞などでよく目にしていた頃ですから、文学者として最も成熟期を迎えていらした頃でしょうか。

安先生からは、時折お電話やお手紙をいただきました。いま手元に残っているのは、『鳳仙花』一八号をお送りした直後の二〇〇三年九月十三日付けのものです。長文のお手紙なのでここに全文を紹介することはできませんが、「『鳳仙花』十八号ありがとうございました。この十八号を手にして思いついたことがあります。去る九月一日〜五日までソウルに招かれ……」という書き出しで始まったお手紙です。お手紙の趣旨は、『鳳仙花』の寄稿者から何篇かを選んで韓国で開かれる文学作品コンテストにエッセイ部門で参加してみないかというものでした。コンテストの入賞者は単行本にもしてもらえるのだから、応募してみてはどうだろうかと。そしてお手紙の最後に、「『鳳仙花』の活性化に役立つかもしれないと思い、こんなことを提案してみるわけです」と結ばれていました。しかし先生が提案くださったにも関わらず、韓国語に翻訳することがネックとなり、いまだ実現していません。

二〇〇六年、在日女性文学誌『地に舟をこげ』が創刊された時も、「男性でもできないことをよくぞやってくれた」ととても喜んでくださり、東京新聞に次のようなコラムを書いてくださいました。タイトルは「のっぺら棒の戦後史」。

共通点はルーツが朝鮮半島というだけ。韓国、朝鮮と国籍や立場のことなる在日女性の文芸綜合誌『地に舟をこげ』（社会評論社）が船出した。寄稿者も金蒼生、金真須美、深沢夏衣、今泉丹生などと多国籍。八十四歳の同誌代表高英梨は創刊の動機を「植民地主義の落とし子として在日する彼女らの百年の歴史の中で、一世の女性たちは貧困と労働に耐える行き方を強いられてきた。その苦闘の賜物として二世三世は高い教育を受け、社会意識にも目覚めた。こうした実存を日本列島や在日社会にのみとじこめておきたくはないからだ」という。これに対して「在日女性の表現をめぐって」と題した高との対談の中で「日本人だけの戦後史を書くと、のっぺら棒ですね」と澤地久枝も「在日の人たちが体験した歴史が欠けて」おり、「昭和は在日の歴史と絡めて書くべきだ」と語る。在日の人たちは日本の昭和史の中で、他者として最下層で生きながら同時に、日本の戦後史の体験者として生きてきたのだから、彼等の歴史から顔を背けた日本の戦後史が「のっぺらぼうだ」という澤地の指摘はさすがである。それにしても「地に舟をこぐ」のは並大抵ではない。息の長い航路でありますように。

翌年、康玲子さんが第一回「賞・地に舟をこげ」を受賞したお祝い会の折にも、藤沢までいらして下さり、「民族的なものに背を向けることができなかった康さんの作品が生まれたことに歴史的なものを感じ、大変興味深かったし、またそういう作品を第一回の受賞作品に選んだ選考委員の見識も高かったと思います」と激励してくださり、編集スタッフには、『地に舟をこげ』第二号が出たことは意味のあることで、日本の中にも一様でない多様な生き方、考え方の人々がいるのだということを知らしめるもの、自己満足に終わることなく、読者にアピールする雑誌を出し続けるためにも、質を高めていってほしい、さらなる船出に期待します」、との言葉をいただきました。また東京新聞の「大波小波」に「本名を名乗るまで」というタイトルで「賞・地に舟をこげ」受賞作の紹介をしてくださいました。

先生は、「在日」の文学の発展のために、また「日韓の文学の架け橋としての役割を一身に背負っていらっしゃったと思います。また現在、在日の雑誌が皆無の中、『地に舟をこげ』へ寄せる先生の期待は大きく、在日女性文学の発展のためにいろんな場で宣伝して下さったのです。

　先生からは感性を磨くためには本を読むことだよ、と多くの本をいただきました。学生時代にいただいた本の中で思い出すのは、『ゾーヤとシューラ』ですが、後にいただいた朴景利さんの『土地』（福武書店）も忘れ難く、また中京淑さんの『離れ部屋』（集英社）にも思い出がいっぱい詰まっています。先生の在りし日を偲びながら再読してみたいと思います。

　先生はご自分のことをあまり語ることはしなかったのですが、時折、ご兄弟のことを話されることがあり、複雑な家庭環境で育ったこともあって、家庭的にはあまり恵まれてはいなかったようでした。そのせいか先生ご自身も家庭を築くことに不器用だったようです。翻訳の仕事を通して、虚構の作品世界の中でその帳尻を合わせようとされたのかもしれません。

　一昨年のことですが、私のエッセイ集『パンソリに想い秘めるとき』（学生社）の出版記念会ではあたたかい祝辞をいただきました。あの日、先生は「セーラー服姿の頃から……」とおっしゃっていましたが、振り返ってみますと、半世紀以上にも公私にわたっていろいろな面で教えをいただいたことになります。長い間ありがとうございました。


（初出『鳳仙花』二五号、二〇一一年）

思い出のなかの中島力先生

中島力先生の訃報を知ったのは、桜前線が東京に満開をもたらした花冷えの寒い朝、奥さまで女優白石奈緒美さんからの電話でした。葬儀を終えられ、すでにひと月ほども経ってからでした。あまりにも突然のことゆえ、お慰めの言葉も見つかりませんでした。すぐさまお焼香に伺い、小さく納まった骨壺と在りし日の懐かしい遺影を眺めながら、思い出話に時間の経つのも忘れ、しんみりと先生を偲んだことが昨日のことのように思われます。

思い起こせば、先生に初めてお目にかかったのは一九九五年、いまから十六年も前のことです。調布市女性課主催で開催された文章講座が終了したとき、このまま別れるのは惜しいと有志八人で自主講座を開くことを話し合ったのでした。中島宅と拙宅が近いこともあって、私が先生に講師依頼にあがったのでした。

お訪ねすると、うつくしい花に囲まれた明るいリビングに通されました。講座の趣旨をお話申し上げると、先生は快く承諾くださいました。当時は奈緒美夫人のご母堂さまもご健在で、美しいお声の方でした。愛犬がんちゃんが元気に走りまわり先生に甘えてまとわりついていたことをいまも懐かしく思い出します。お子さんに恵まれなかった先生にとっては、お子さんのように可愛がっていたのでした。ワンちゃんの苦手な私を気遣って、「がんちゃん、ここにじっと座って！」と何度もおっしゃっていました。

それから間もなく、自主講座「グループ悠」がスタートしました。週に一度作品を先生に提出するのですが、次の週には必ず作品に対する感想を書いて戻してくださいました。

「これはなんだ！」と特徴のある濃い眉と大きな眼で睨みつけられたりしたこともありましたが、ときには「これはいいね」と言われますと、何だか有頂天になり、気分は憧れの向田邦子さまでした。

先生のご指導のお陰で、文章の基礎が少しずつ解るようなりました。次第に閉じていた心の扉も開くようになり、プライベートな文章も書くまでになりました。メンバーの年齢層に幅がありましたので、関東大震災や二・二六事件などにまつわる文章などもあって、日本の近現代史を学ぶ場ともなりました。

そのうちに誰からともなく、書きためたものを記念文集としてまとめようということになりました。タイトルは『悠』、サブタイトルを『人間のいる風景』としたのです。一〇九ページ程のものでしたが、中島先生のご縁に連なる先生方のお陰で、ルノアールの「足を拭く沐女」を表紙絵に飾ることができ、拙い文集に華を添えていただきました。その後、読売新聞からも取材を受けることになり、調布市内でも話題になったのでした。

文集『悠』に寄せてくださった中島先生のあとがきには、

同人たちのこと

すばらしい女性たちの誕生である。

文章を書くということで、こんなに感性豊かになれるものか。

一年半ほどまえ文章教室をはじめたとき、女性たちの顔は像を結ばなかった。いま、それぞれに個性的でいきいきとして同人たちはルノアールの女性像に負けないくらいチャーミングである。

題字の「悠」は書家・大久保郁子さんの作である。カット絵は画家・千田将氏にお願いした。表紙のルノアールは日動画廊に協力していただいた。

同人たちが書きつづけることで、さらに感性を磨き、豊かな時間を生きてほしいと思う。

一九九六年三月　　　　中島　力

文章教室が終了した後も私は中島先生に私淑し、エッセイのようなものを書きつづけていました。書いたものはほぼ先生に見ていただいたのですが、その中から二編ほど先生が編集長を務めていらした『高齢社会ジャーナル』に掲載していただきました。

私の父が北朝鮮への帰国事業に反対して『楽園の夢破れて』（亜紀書房）を出版したのですが、そのことによって私は父と十年もの長い間、親子の断絶を余儀なくさせられました。祖国の分断により、在日コリアン社会もイデオロギー論争華やかなりし頃で、父と私たちとは拠って生きる立場が違っていたからです。

その後父と和解して「お父さん、ごめんなさい」というエッセイを書いたのですが、それを読まれて、「呉さんの父君は先見の明があったね。勇気のある人だったんだね」と驚いていらっしゃいました。帰国事業はいったい何だったのか、父が鳴らした警鐘に耳を傾けていたら帰国者の悲惨な状況は避けられたものを、そんな想いから書いたものでしたが、先生がはじめて褒めてくださった文章でした。

また桐朋音大を卒業し「銀巴里」などでライヴ活動をしていた娘が三十八歳で亡くなり、彼女の遺稿詩集『けざやかなるが故に』を出版したき、たいへん心のこもった紹介文を書いて下さいました。その後、私が書き溜めたものを「単行本にまとめなさい」と、ある出版社をご紹介くださいましたが、結局学生社から『パンソリに想い秘めるとき』として出版されました。先生の喜びようは大変なものでした。弟子の本が出版されたことが、我が事のようにうれしかったのだと思います。

その頃は私が先生の追悼文を書こうなどとは夢にも思っていませんでしたが、叶うものなら、こんな文を書いて！　と先生にお叱りを受けたい気持ちでいっぱいです。

中島先生ご夫妻とは、ひょっこり調布郵便局でお会いすることがたびたびでした。と申しますのも、私の住んでいるマンションから甲州街道を隔てて、東よりの北側に先生のお宅があり、その中間あたりに調布郵便局があります。ちょうど対角線上の西よりの南側の我が家とは、歩いて数分の距離でした。時には、自転車ですれ違うこともあり、そんな折には、「先生お元気で」、と手を振ってお別れしたことも度々でした。いまも郵便局に行く度に、先生のお姿が懐かしく思い出されます。

いま私の書棚には、先生ご署名入りのご著書『生命なりけり』（心交社）『風の葬列』（章友社）『天国は今日も快晴』（章友社）と『悠』、『パンソリに想い秘めるとき』が並んでいます。「呉さん、もっと感性を磨きなさい」とおっしゃっていた、低くてよく響くお声が書棚から聞こえるようです。

人の一生はたくさんの出会いによって紡がれていく、とおっしゃっていました。先生と巡り合い、先生の温かいお導きによって、自分の半生を振り返り、書き残すことができましたこと、心から感謝申し上げます。

先生は大学在学中に、安部公房氏たちと同人誌「現在の会」の編集にも関わられ、その後ＴＢＳでは『街のチャンピオン』、徳川夢声の『テレビ結婚式』の制作助手をつとめられました。一九五九年には、テレビ朝日の開局に参加され、ドキュメンタリー・ディレクターとして『夫と妻の記録』、『世界の中の日本人』等を制作されました。制作部長時代には『徹子の部屋』、『西部警察』を制作され話題をさらいました。テレビ朝日福祉文化事業団事務局長を最後に退職、映像・出版企画会社「七〇四プロジェクト」を設立されるという輝かしい経歴をおもちでした。

中島先生は鹿児島県指宿出身ということもあって、韓国人の特攻隊卓庚鉉を題材に奈緒美夫人の朗読劇を企画され、戦争反対の強い意思表示をなさっておられました。『鳳仙花』創刊十周年の集いの折には、お祝いに駆けつけてくださり、先生からは祝辞を奈緒美夫人からは「太平洋戦争で死んだ朝鮮人特攻隊員卓庚鉉」の朗読をプレゼントしていただきました。

六年前にがんちゃんが逝ってからは、すっかり気落ちされ、何も手につかないご様子でした。そのことは先生のご著書『天国は今日も快晴』にみるとおりです。

ご病気になられてからの数年は、奈緒美夫人の厚い介護のもと、傘寿をもって静かに黄泉の国へと旅立たれました。中島先生、とお呼びしても、もうご返事をいただくことはできないのですね。寂しい限りです。

心からご冥福をお祈りいたします。

（初出『東洋経済日報』二〇一七年二月十日付に加筆）

相馬雪香先生の思い出

年末になると、毎年のように相馬雪香先生から日高昆布が届いていた。昨年の暮に届いた送り状には、いつもの手書きではなく印刷されたもので、送り主も相馬としか書かれていなかった。書状が同封されていて、「木枯らしが吹き、軽井沢では今年一番の雪がいつ降り出すかという季節になりました。早いもので、雪香が亡くなり、一か月が経とうとしています。年末のご挨拶の品を今年も準備するよう母に夏から言われていました。今までの感謝の気持を込めましてお送りします。年の瀬に向けてご多忙な日々をお過ごしのことと思います。くれぐれも御身体お気をつけてください」と印刷され、「生前は色々とお世話になりました」と、ご子息の添え書きがしたためてあった。

昨年の五月に開かれた日韓女性親善協会創立三十周年の記念パーティーの折には、「三十年前に蒔かれた種は、今も有志の皆様により情熱を持ってはぐくみ続けられておりますが、この継続こそが大切なことだと存じます。一度、芽吹き果実をつけても、放っておけばやがて枯れてしまいます。地中にしっかりと根が張りめぐらされるまで育てることが大切です」と、しっかりとした口調でご挨拶なさっていた。

一部が終わって、休憩時間に友人たちと連れだってロビーを歩いているとき、付添もなくお一人で歩いていらした相馬先生とばったりお会いした。貴賓席にいらっしゃる先生の席に行くことは何となくはばかれ、かといってご挨拶しないままというのも心残りだし……と思っていたところだったの

で、好機到来とばかり嬉しくって思わず抱きついてしまった。その折に撮っていただいた写真には、ふだんはどちらかというと俯き加減の先生が、正面に向かって破顔一笑。一緒にいた趙栄順さんや韓国建国大学の崔順愛さんたちも笑顔で先生を囲んでいる。あれから半年ほどの十一月八日、先生は九十六歳で彼岸のくにへと旅立たれ、あの日が最後のお別れとなってしまった。

思い起こせば、相馬先生と出会って二十数年になる。先生と初めてお会いしたのは一九八五年、日韓女性親善協会主催で「日韓交流明暗の歴史」という講演会があり、当日の講師から「女性たちの集まりだから」と誘われて参加した憲政記念館でのことだった。錚々たる面々、テレビでしかお目にかかったことのない議員たちも大勢参加していたが、華奢で細身の先生が、臆することなく堂々とスピーチをなさっていた。たしか日本と韓国の女性たちがいま何をなすべきか、といった内容だったと記憶しているが、凛としていて格好よかったことを思い出す。韓国人の講師を招いて講演会を開くということも、当時の私にとっては印象深く、この会に興味をもった理由の一つであった。

それからは毎年案内状を頂き、参加させていただいた。一九九一年に同人誌『鳳仙花』が創刊されてからは、ご招待のお礼を兼ねて『鳳仙花』を持参するようになった。一九九三年のこと、先生から『鳳仙花』について会員の皆さんに話して下さい、とお電話をいただいた。私はとても驚き、大勢の前でお話できるほどの自信もなかったので、お断りしていたが、「誰にも初まりはあるの。私がそばについているから心配しないで話してみなさい！」とのお言葉に、ガタガタ震えながら話したのが、私が人前で話した最初だった。その時話した内容が写真入りで『日韓女性』四三号に掲載された。

日韓女性親善協会は、互いの文化を尊重し、理解し合うことを合い言葉に一九七八年に発足した。日韓の間には長い不幸な歴史がある。そのつらい過去を乗り超えるため、女性特有の資質を生かして親善と交流をはかろうと、日本側は相馬雪香先生、韓国側は故人となられた朴貞子先生が立ちあげた会である。その頃は今のような韓流ブームなど考えられもしなかった時代で、むしろ韓国に対して蔑視する風潮が色濃く、欧米ばかりに目がいってたような時代であった。

活動内容としては、韓国に関する研修や講演会、民族芸能の紹介や韓国訪問などと多彩で、年月を重ねるごとに隣国への認識と理解を深めていった。一方、青年交流においては、若い世代による日韓の相互理解をはかるため、互いの国を訪問しあい、その時々に応じた問題を討論することで歴史認識を確認するよう努めている。また児童の作文展や絵画展などを定期的に開き、次の世代への心の種蒔きに尽力。たしか二〇〇二年のワールドカップ共催前後のことだと記憶しているが、当時児童作品交流の担当だった田口しづ子理事より依頼があり、韓国の児童作文の翻訳をお手伝いしたことがある。その作文には、「ともに頑張ろう！」「日本と一緒にファイティング！」といったようなものが多く、友好ムードにあふれていたことも懐かしく思い出される。

そういえば、田口理事は、韓国からの留学生たちにも親身になってお世話をしていた。なるたけ広く日本文化に触れる機会を与えようと、自宅に招いて日本食を振る舞ったり、お茶席にも同伴したりして、日常的な交流に心を尽くしていた。その中には留学生活を終え、母国の大学で日本文学を教え、日韓女性親善協会創立三十周年記念を祝って参加した教師もいた。相馬先生の撒かれた種は、田口理事や多くの心ある理事たちの情熱によって、これからも友好親善の根が地中に広く深く張りめぐらされていくことだろう。

先生との想い出は限りなく多い。なかでも演劇『徳恵翁主（トクヘオンジュ）』にお誘いいただいた時のことは忘れられない。会場の草月劇場に着くと、満席の会場は静まりかえっていた。

徳恵翁主は、李王朝最後の皇帝・高宗が還暦を迎えた時に末娘として生まれ、日韓の歴史の狭間で翻弄された悲劇の皇女である。時代は李朝末期、徳恵翁主には、結婚を約束された人がいたにもかかわらず、対馬の宗伯爵と政略結婚させられる。彼女を理解しようとしない宗伯爵、常に監視している女中、母を慕う気持ち、母国に帰りたい気持ちのあまり、ついに精神を病んでしまう。時が流れ、日本の植民地から解放され、朝鮮動乱も終わってからのこと、やっと韓国政府が日本に人質として連れて行かれた王族たちの帰国を許した。しかし彼女が故国へ戻れる頃には廃人同様の身体になってしまっていた。

植民地時代、日韓の狭間で時の権力者の意のままに生きざるを得なかった徳恵翁主。その受難の歴史を脚色した内容のもので、徳恵翁主が失った歴史に対する叫びそのもののようだった。暗い時代背景を漂わせるように流れる音楽や神秘的な舞台演出も功を奏し、主役・尹石花の陰影に満ちた演技が、徳恵翁主の受難の日々を浮き彫りにして、憤りと涙なくしては観られなかった。

相馬先生は女子学習院中期二年の時に徳恵翁主とは同級生だったご縁があり、そのことを『鳳仙花』十号（一九九五年）に書いて下さった。その一部を引用すると、「女子学習院の私のクラスに李垠殿下のお妹さん徳恵様が入ってこられました。徳恵様は私たちと同じ制服でしたが、お付きして来た四人の女官たちは、ピンクやブルーや黄色のチマ・チョゴリで、まるで天女の羽衣を思わせるような姿でクラスに入ってこられました。その時の美しさに私は強い印象を受けました。先生から『徳恵様と仲良くするように』とお話があり、お節介な私はさっそくお相手をしようと思い、お友達になりました。徳恵様がお入りになったことを父に話した時、『韓国に対して日本は随分ひどいことをしているから、いつかは償いをしなければいけない』と言っていたことが、いまも頭に残っています」と記されている。

先生が日韓女性親善協会をたち上げようと思われたのは、同級生だった徳恵翁主の悲しい人生に思いを馳せ、その償いへの気持ちもあってのことではなかったろうか……。

相馬雪香先生は、憲政の神様といわれた尾崎行雄氏の三女である。一九一二年、東京市長だった尾崎行雄氏が、ワシントンへ三百本のサクラの苗木を送り、そのお礼にとハナミズキの苗木四十本が送られたことは有名な話。長い年月を経て、見事な孫木となって憲政記念館や日本の各地で殖えつづけているという。私の住んでいる最寄りの駅国領まで向かう五百メートルほどの歩道にも、ハナミズキが植えられて十五年になる。桜のような華やかさはないが、薫風に揺れる姿は爽やかで、晩秋ともなるとサンゴ玉のような真っ赤な実を結び愛らしい。

韓国と日本との間には、長い間拭いきれないほどの不幸な歴史がつづいた。韓国の国花ムグンファと日本のさくらとの交流があったかどうかは知らないが、殴った側の良心がシクシクと痛み、それが殴られた側に感じとれれば、過去の不幸な関係は精算され難題解決に向けて成熟した新しい関係が結べるにちがいない。いやでも未来永劫に隣国同士の運命にある両国、真心で解決できないことはないと、ハナミズキの由来を知ってそう思ったものだ。

「いつまでも過去を振り返るばかりではなく、過去を乗り越えるために、これから何をなすべきかが大切」「過去はみな明日への土台になる、良い事も悪い事も反省の上に立って、また、温故知新、古い事の中で学ぶこともある。年輩の過去の経験は成功も過ちもすべて未来への大切な準備になる」と先生が常々おっしゃっていた。日韓女性親善協会での三十年間は、まさに過去をのり超えるための試煉の歳月だったのではなかろうか。

『鳳仙花』を先生にお送りするようになって何年になるだろう。在日を知る教科書と褒めて下さり、ご多忙にもかかわらず何度かご寄稿下さった。『鳳仙花』創刊十周年記念の集いでは、「十年間よくお続けになった。継続は力なりの通り、これからもさらに継続なさること、それが皆様方の底力というものではないでしょうか。いま世の中は、その底力を本当に求めていると思います。……韓半島と日本の関係、その繋ぎをしている皆様方、いろいろご苦労があったと思います。これからもあると思います。しかし、そのご苦労が活かされるような時代にきたのではないかと思っています。頑張って下さい」と、祝辞をいただいたこともいまは懐かしいばかりである。

日高昆布を届けてくださったのは、多分「読みましたよ、頑張ってね」という励ましの意味だったのではなかったかと、思っている。いつ頃のことだったか記憶に定かではないが、何かの話の折に、「日高昆布を、おでんの出汁昆布につかい、その昆布もいただきました」とお話したところ、「出汁にはむかないのに……」と笑っておっしゃっていた。日高昆布を、おでんの出汁昆布につかったのは前代未聞、多分私ぐらいだろう。韓国では正月料理に昆布はつかわないので、年末の集まりにおでんの出汁がわりに使って、勿体ないから昆布もいただいたのだった。そんなことを思い出しながら、軽井沢からの書状を何度も読み返していた。

相馬先生からいただいた最後の日高昆布。韓国では祭事に供える精進料理に昆布の揚げ物があったことを思い出し、熱々の揚げ昆布に胡麻をふった。それを破顔一笑の遺影に供え、お別れの盃を差し上げた。相馬先生さようなら。

（初出『鳳仙花』二三号、二〇〇九年）

教育と人権運動を両立させた女性研究者　鄭早苗先生

二〇一〇年梅薫る二月四日、鄭早苗さんが逝去された。大谷大学の定年を目前にした六十五歳というあまりにも早い旅立ちに、一周忌が過ぎた今も哀惜の念に堪えない。

専攻は朝鮮古代史だが、教職のかたわらＫＭＪ（大阪国際理解教育研究センター）の理事長として二十数年間、在日コリアンの人権問題を研究、啓発する運動にかかわってこられた。教育と人権運動を両立させた在日女性研究者の草分け的存在だった。

鄭早苗さんに初めてお会いしたのは、一九九六年、統一日報の「サラム」欄紙上だった。セミロングのヘアスタイルで、ちょっとはにかんだような笑顔の写真に、在日の人権問題に真っ向から挑んでいる方がこんなに柔和な雰囲気の方かと、意外な感じがしたものだ。いまから十五年ほど前のことである。

記事には、「在日同胞への啓発も同時にしなければならないと思う。特に女性、障害者などいわゆる弱者に対する同胞の非人権的な部分。これはものすごく反省していかねばならない」との談話があり、私はすぐさまその部分に蛍光ペンでラインを引き、スクラップブックに貼り付けた。

当時の二分化された在日コリアン社会では、民族問題が優先され、女性の人権問題、特にフェミニズムに言及する在日の研究者が少なかったこともあって、早苗さんのコメントが胸にズトンと響き、強く印象に残ったのだった。セピア色した鄭早苗さんが、いまも私のスクラップブックの中でセミロングのヘアスタイルのまま「健在」である。

その記事を読んで間もなく、同人誌『鳳仙花』一〇号記念誌を早苗さんにお送りしたところ、『sai』に寄稿するよう依頼され、五七号に「ベティー・フリーダンに学ぶ」を寄稿させていただいた。イデオロギー論争に明け暮れ、政治に翻弄された過去を女性の人権、自立という視点でとらえ直そうという在日女性たちの意識の転換期を迎えた頃だったのかもしれない。

いっぽう元従軍慰安婦の真相究明と謝罪を求め「ウリヨソンネットワーク」に集う女性たちの運動や、チマ・チョゴリ姿で教壇に立つ尹照子さん、東京都の保健師鄭香均さんが民族差別と闘っていた頃で、これらの運動をとおして日本女性たちとの絆ができ、支援の輪が広がっていった時期でもある。私にとっても、同人誌『鳳仙花』を通して日韓の女性たちのネットワークを広げ、言葉の輪が友好の和となり、互いを理解しあう誌面づくりへと変化していった時期であった。

『sai』は、一九九一年に創刊されたKMJの季刊誌で、その目的は、民族差別を無くし、共生社会に向けての取り組みを紹介することだった。韓国語の間（サイ）を意味し、お互いによい関係を保つには、いい「間（ま）」をとるという意味からのネーミングだという。在日の帰化問題を特集に組んだのも、『sai』が初めてだったと記憶している。帰化者に対する在日社会の意識や対応が少しずつ変化していく中で『sai』の果たした役割は大きかったのではなかったろうか。

二〇〇二年十月、『鳳仙花』と「異文化を愉しむ会」、「ご近所留学の会」の三団体共催で、日韓国民交流年記念事業の一環として「日韓をつなぐ文化交流の集い」を開催し、早苗さんをゲストにお迎えした。当日の演題は、「ヨイトマケの歌を作ってこれなかった在日コリアン」で、民族としての誇りをもつことができなかった学生時代のことや、母親との葛藤、民族に目覚めるまでのプロセスなどを振り返って話された。

鄭早苗さんは一九四四年五月、在日一世の父と日本人の母との間に四人姉妹の次女として三重県で生まれた。父親が四十八歳の若さで亡くなり、母親は四人の子供をかかえて苦労したことなど、その生い立ちをはじめて知ることとなった。大阪市立大学修士課程を修了後、いくつかの大学講師をかけもちしながら民族問題にも深くかかわっていき、一九八八年に大谷大学教授となられた。婚約者がいたにもかかわらず、日本人と大恋愛の末、周囲の猛反対を押し切って結婚されたことは、後になって知るのだが、そういう青春時代のあったことがほほえましく、以前にも増して親近感を覚えたものだ。

早苗さんは、人権問題に取り組むかたわら、在日高齢者の福祉面でも「生野サンボラム」の開設に尽力された。施設を維持する中でのご苦労もあったようで、折々にいただくお手紙からその様子がうかがえた。二〇〇五年の正月、私が朝日新聞の論壇に「民生委員などへ道開け」を投稿した折にも長文の手紙をくださった。その手紙には、「サンボラム（生き甲斐）」を運営しながらいろいろな問題が発生してくることに対する悩みなどが書かれていた。例えば、民族性を考えて、入浴サービスや着替えなどは男性ヘルパーには担当させせないことから、女性ヘルパーたちが重労働を担うことになり、その対処に苦悩したこととか、運営的にも在日高齢者だけでは財政面で成り立たないため、日本人との混在になってしまうことなど、問題が山積していて前途多難な様子が伝わる内容だった。

早苗さんが最後まで気にかけていたこと、それは今となっては志半ばとなったが、「在日コリアン女性史」の発刊のことだった。辛い闘病の中からいただいた電話で、「ぜひ完成させてください！」と涙ながらにおっしゃっていたことを忘れることができない。

話が前後するが、「在日コリアン女性史」に関しては、何年も前から温めていたのだが、李修京さん（東京学芸大学教授）と鄭早苗さんのスケジュールが合わず、延び延びになっていた。やっとお二人が会えたのは、二〇〇九年六月、奈良教育大学で百済シンポジウムが開かれたときだった。シンポジウム後の六月十四日にいただいた早苗さんからのメールには、

一昨日、奈良教育大学へ行き、李修京先生にお会いしました。通訳、ご自分の発表と、大変濃密な時間を過ごしておられたので少ししかお話しできませんでした。

女性史に関しましては、まず、私は文子さんの構想をお聞きすることが先決かと思います。しかし、少しだけ私も考えました。この際、ニューカマーも含めればどうかと。

もちろん主は在日一、二、三世です。

歴史の区切りの中でとらえるのか、あるいは世代としてとらえるのかも話し合わなければと思いますし。総連、民団以外の市民運動に関わった女性達とか、できるだけ普通の在日が登場すればよいと思いますが、資料が集まるか否かも問題です。

とにかく、東京へ行かなければならないと思います。とりあえずご報告まで。

とあった。

このメールから三カ月後に早苗さんが上京され、四人で会うことになる。忘れもしない二〇〇九年九月七日、まだ残暑厳しい昼下がりのことだった。東京に不案内な早苗さんを、四谷駅にお迎えし、「暑い中を申し訳ございません」と労いの言葉をかけたところ、「いいえ、大阪の暑さは東京など比べ

ものになりません」といつものお元気な声にホッとしたものだった。

四谷駅前の待ち合わせ場所には、すでに李修京さんと『鳳仙花』の趙栄順さんが待っていた。初対面の趙栄順さんをお二人に紹介して、一息ついたところで「在日コリアン女性史」の第一回編集会議をもった。「在日コリアン女性史」の編集、発行目的や趣旨、方向性などについて事前に意見交換をしたうえで、当日それぞれが叩き台を持ち寄ったのである。

私たちが目指す「在日コリアン女性史」は、在日社会の形成期において、民族差別や儒教的なしがらみの中、逞しく生きぬいてきたオモニたちや日本社会の各分野で活躍している若い女性たちの姿もクローズアップすることとし、未来志向の「在日コリアン女性史」にと、長年の夢が実現する期待感に心震える思いで、構想は果てしなく広がっていった。

早苗さんは「私たちが編む女性史は、ここ百年以内の日本におけるコリアン女性の生きざまを綴った近現代の歴史であり、日本のもう一つの歴史でもあります。そして生き難くなっている現代社会において、生きることへの道しるべとなり、厳しい試練の中で開拓してきた女性たちの生の声であります」と熱く語られた。あの日の言葉がいまとなっては遺言となってしまった。

その後私たちは近くの韓国レストランに場所を移し、今後の役割分担など具体的な内容について話しあった。戦前の記述は李修京さん、戦後を鄭早苗さんが担当し、その通史を縦軸にして、コラム欄を多く設けること、コラムは『鳳仙花』に掲載された文からピックアップすること。そうすることで生活感のある「在日コリアン女性史」にしたいと意見一致をみたのだった。時間の経つのも忘れ、熱く語り合ったのはいうまでもない。

四谷でお会いしてから一カ月ほど後、早苗さんが脳梗塞で倒れたことを奈良の盧桂順さん（立命館大学講師）から知らされた。すぐにお見舞いの手紙を差し上げたところ、退院してしばらく経った十月三十一日、長文のメールが届いた。私はことの深刻さに愕然としたのだった。

この間何度かお電話しましたがお留守でした。文子さんにだけお話ししておくのがよいだろうと思いました。

実は、子供たちにも言ってないことなのですが、私は新たな治療を九月中旬から始めていまして、そのために体調が非常に優れません。仕事は普段通り続けていますが……。

ただ、今の治療は効果があるらしく、数値はよくなっていますが、副作用がきつくて、つらいですが、だれにも悟られていません。

これは私の問題ですし、誰に言っても解決するものではありませんので、誰にも言ってこなかったのですが、文子さんにはお話ししておこうと思いました。

私の肺がんは初期でもなく、この間ずーっと治療を欠かしたことはありませんでした。幸い分子標的薬が功を奏し、隠れた副作用に本人は戸惑いながらも誰にもいまだ悟られていません。

その薬にも耐性ができ、現在新しい「休眠療法」という治療を始めましたが、その副作用のために、絶えずむかむかし、いつも眠たく腹痛が厳しく、少しまいっています。しかし、明らかに良くなっているので、あとひと月余り続く治療に耐えますが。とにかくがんはひつこく、つらい病です。

でも、お願いです。決して他言しないでください。イ・ジニ先生にも。

病気に対する差別観と排除感よりは気付かれない方が、私にははるかに大事なことだし、生きていく糧でもありますから。もちろん、十一月十四日の大谷大学の講演も予定どおりしますし、その他仕事もこなしています。

ただ、このごろは、電車で立っているのがつらく、贅沢して、結構タクシーも利用しています。しかし、外見は我ながら「元気」ですし、医者も経過に喜んでいらっしゃいます。

十二回ほどの点滴も後五回でとりあえず終わります。そうなれば、かなり体も楽になると思います。それから、この病気は家で静養するから良くなるものでもありません。私のように、普通に、すこしがんばって生活するのがよろしいようですので、ご心配なさらないでくださいませ。

私は「延命」ではなく、完治を目指して耐えていますから、決してご心配には及びません。


苦しい副作用にも耐えながら「休眠療法」という新しい医療を試み、生活の質（QOL）を大切にしながら精一杯病と闘っていたことを知る。そんな状況にもかかわらず、「在日コリアン女性史」の実現に向けて、具体的な企画案を作成してくださったのかと思うと、強い使命感に頭が下がると同時に、申し訳なさで胸ふさがる思いであった。しかし、その日から三カ月余で帰らぬ人となってしまった。いまだ喪失感に浸ってばかりいるわたしたちを、あの世でどんなにか苦々しく思っていることだろう。

思い起こせば、プライベートで早苗さんとゆっくりと過ごしたのはあの日が最初で最後となってしまった。二〇〇八年十一月一日、朴才暎さんのエッセイ集『ふたつの故郷』（藤原書店）の出版記念会が奈良の薬師寺で開かれ、お祝いの席に盧桂順さんと一緒に参加させていただいた。朴才暎さんのエッセイストとしての新しい門出に立ち会った私は、凛として輝いているチマ・チョゴリ姿の彼女が眩しくもあり、誇らしかった。そして関西在住の作家金真須美さんや金由汀さんたちと共に、これからの在日文学を牽引していくであろうと期待感で胸膨らむ想いだった。

その夜は盧桂順さんの勧めもあり、桂順邸に泊めていただき、優しいお連れ合いと一緒にワイングラスを傾けながら、くつろいだひとときを過ごさせていただいた。桂順さんが大学で教鞭をとりながら研究に没頭できるのは、お連れ合いの励ましと協力あってのことと、新しい在日像をご夫妻に重ねていた私だった。

翌日は早苗さん運転の車で、桂順さんと一緒に京都の高麗美術館に案内していただいた。初めて目にする数々の展示物に圧倒されながら、温もりの伝わる白磁の壺や落ち着いた中にも華やいだ雰囲気の螺鈿家具や調度品に目を奪われた。正面には鄭詔文先生の在りし日のビデオが設置されていて、壁面には若い頃の金達寿先生や夫たちが写っているモノクロームの写真、雑誌『日本のなかの朝鮮文化』なども展示されていて、懐かしさが込み上げ時間の経つのも忘れ見入っていた。

去りがたい思いのまま、高麗美術館を後にした私たちは、丹波のマンガン記念館へと向かった。早苗さんにぜひ見てほしいところがあるからと案内されたのだ。暗く狭い坑道を這うようにして進みながら、マンガン採掘に従事した人たちの過酷な生活について、強制連行や日本の加害の歴史について早苗さんは熱く語ってくださった。近々行政からの補助がなくなり閉館せざるを得なくなることに対する怒り、なんとしても記念館を維持しなければならないのに財政的な基盤がない、と言葉の端々に悔しさがにじみ出ていた。

丹波のマンガン記念館からの帰り道、川端康成の小説『古都』で有名になった北山杉のふる里中川を抜け、美山の集落へ案内してくださった。昔ながらの茅葺き民家が集落をなしていて、周りの景観と茅葺きの民家がうまく調和していた。いにしえの日本の農村の原風景を目の当たりにして、私たちは思わず歓声を上げ、民家を背景に記念写真を撮ったものだった。

帰途街道沿いのこぢんまりしたうどん屋さんに立ち寄り、猪の肉うどんを三人でいただいた。私は猪肉は初めてだったので、勇気がいったのだが、エイヤ！　の勢いで食したら、思いのほか癖もなくおいしかった。いまはそんなことまでも懐かしさを伴って思い出される。

最後に、突然の訃報に茫然自失の李修京さんからいただいたメールを記して、鄭早苗さんへのお別れの結びとしたい。

「私に出来ること、それは、在日コリアン女性史編纂への意志を継承することだったのだと改めて思います」。

追　記

つい最近知ったのだが、マンガン記念館が今年の七月三日に再開された。昨年（二〇一〇年）、在日と日本の有志の方たちにより再建委員会が結成され、募金活動が行われた。また韓国でも、チャリティーコンサートなどで募金が集まり、国内に再建委員会が結成されたという。行政からの補助ではなく、日韓の草の根活動が大いに貢献し、在日の記憶を伝えるマンガン記念館は、ＮＰＯ法人として新たなスタートを切ることとなった。

（初出『地に舟をこげ』六号、二〇一一年）

高英梨先生の墓碑銘

新年を迎えてまもなくの一月四日、敬愛する高英梨(コヨンイ)先生が逝去された。享年九十三。高先生は在日女性文学の発展のためにと多額の出資をされ、二〇〇六年に在日女性文芸協会を設立し、在日女性文芸誌『地に舟をこげ』を創刊した。そしてすぐれた作品に贈る「賞・地に舟をこげ」を設け、選考委員には澤地久枝先生と高先生のお二人がその任に当たられ、四人の受賞者を世に送り出している。高先生の志に賛同して、山口文子、李光江、李美子、朴和美、朴民宜、呉文子が終刊の七号まで編集委員として関わった。

誌名を『地に舟をこげ』にしたのは、舟は水に浮かべ漕いでいくもの。それなのに水がないところから水があるところに向かってひたすら漕いでいくことの決意表明に加え、日本社会に小石ほどでも波紋を広げたい、との思いが重なったからである。

私たちは文学作品を通して、在日女性の過去の営みの記憶を掘り起こし、記録し希望へつなげたいとの高先生の強い志のもと編集作業に力を注いできた。七年間という短い期間ではあったが、受賞した作品が数冊単行本として出版されたこと、新聞紙上での反響等々は、「小石ほどでも波紋を広げた」ことと自負している。

思い起こせば、高先生とのご縁は、二〇〇一年夏、『鳳仙花』一六号に関する新聞記事を目にとめられ、以下のようなお手紙をいただいたことからつながった。

『鳳仙花』にはなぜか特別の感情がこもります。記憶の糸を手繰り寄せてほぐしてみたら、なにかが出てきそうで気持ちが立ち止ってしまいます。同人誌にその名前を冠したものがあり一五周年を数えたとのこと、ぜひ読ませていただきたくお願いします。昨夏私の旧稿を本にまとめました（『ガラスの塔』思想の科学社）、お読みくだされればうれしく思います。いつかまた機会がありましたら何らかの形でご一緒になれたらなどと思っております。

このお手紙を機に高先生とのご縁が『鳳仙花』から「何らかの形でご一緒になれたら」と『地に舟をこげ』へとつながっていった。いつの間にか十四年余の時が流れた。

高先生は一九二二年釜山で生まれ、三歳の時に家族と共に渡日。朝鮮半島が日本の植民地だった時代に、日本人学徒兵（陸軍技術将校）と恋愛結婚。愛する人と結婚するために日本人の養女とならざるを得なかった。戦時下でのこと、日本軍人との結婚がいかに大変だったか想像に難くない。しかし戦後は、中堅企業の社長夫人という立場にありながら、コリアンであることを堂々と明かして、文筆活動や金嬉老事件の助命請願運動にもかかわっていた。

通夜の席で、ご子息から故人の遺言により墓碑銘に本名が刻まれたことを知らされた。時代に翻弄されたご自身の理不尽な過去の営みや日本国籍人として生きざるを得なかった恨（ハン）を、出自を刻むことによって恨解（ハンプリ）きされたのではなかろうか。在日百年余の歴史の中で、女性たちの力だけで編集、発行し書店に並んだ最初の雑誌は『地に舟をこげ』である。高先生の強い執念と使命感によって誕生したことを記憶に留めておきたい。歴史のバトンを次世代に渡すためにも。

（初出『東洋経済日報』二〇一五年三月六日付）

呉徳洙監督『在日』追悼上映会

呉徳洙監督が亡くなられて間もなく四ヶ月、氏が最期を迎えた調布で追悼上映会が開かれる。調布は高麗郷と言われ渡来人との所縁の深いところであるが、映画の街でもある。日本映画全盛期には、大映、日活に加えて独立プロダクション系の株式会社調布映画撮影所の三ヶ所で映画が制作されるという活況を呈し、「太陽の季節」など多くの名作を生み京都と並んで「東洋のハリウッド」などと呼ばれたこともある。

そういう土地柄でもあり、内外のすぐれたドキュメンタリー映画の鑑賞と自主上映会を開催している「調布ドキュメンタリー映画くらぶ」を中心に六団体が追悼上映実行委員会を立上げた。追悼上映会は、呉監督の代表作である四時間にも及ぶ『在日』を文化会館「たづくり」の映像シアターで開催することとなった。

このドキュメンタリーは、光復五十周年を記念して戦後在日五十年の歴史を記録し、過去と未来を繋ぐ在日の想いを映像化したものである。製作費はすべて有志によるカンパで賄われ、製作に二年余りを費やし一九九七年に完成した。第一部は戦後五十年の歴史編で、映像と証言で綴る光復五十年の在日同胞の苦難の歩みである。第二部は在日を象徴する人間編ドキュメントで、日、韓二つの故郷に思いを馳せる在日二世の河正雄、「清河への道」を歌うブルースシンガー新井英一、三世では「にあんちゃん」の作者の娘さん李玲子さんも登場する。上映会では、この映画のプロデュースをされた金昌

寛氏をお招きし、『在日』に込めた呉監督の想いやエピソードなどお話いただく予定である。

呉監督が調布に越してこられたのは十年ほど前。氏との思い出は尽きないが、特に伊豆宇佐美の別荘に泊めていただき、みずから作っていただいたサラダやトースト、おいしいコーヒーの味は、氏のエプロン姿と共に忘れがたい。伊豆は日本有数の風光明媚な観光地で、川端康成の「伊豆の踊子」などの舞台にもなったところだが、朝鮮との関わりも深い。植民地下に起因する朝鮮と伊豆との史跡を巡るフィールドワークや、「みかんの花咲く丘」を口ずさみながら、宇佐美ののどかなみかん林をご一緒に散策したことなどいまも懐かしさを伴って蘇ってくる。

また、二〇〇八年十月、調布で開催した「日本映画に描かれた在日」の講演会では、『にやんちゃん』『バッチギ』『キューポラのある街』などから氏が選んだシーンを流しながら、日本映画の中で在日がどのように描かれていたかを具体的に解りやすく解説された。『キューポラのある街』で吉永小百合演じる主人公と北に帰る友人との別れのシーンでは、当時の在日の置かれていた厳しい社会状況や、帰国後の友人たちの境遇に想いを馳せながら、苦渋に充ちた表情で話されていたことも思い出される。だが何よりも驚嘆すべきは、死期が迫る中、モルヒネで痛みを抑えながら、ご自分の葬儀をプロデュースして逝かれた氏の監督魂である。


（初出『東洋経済日報』二〇一六年四月一日付）

第8章
寄り添いて

若かりし頃（1961年）

来る四月十五日は夫が亡くなって一周忌にあたります。ときの流れの速さに戸惑うばかりです。

いま改めて共に過ごした半世紀余を振り返るとき、在日史の大きなうねりの中で歩んだ私たちの道程は、決して平坦なものではありませんでした。しかしどんな状況にあっても自分の意志にしたがって果敢に生きた夫の軌跡は学問の世界においても、社会生活においても、私の家族にとって、何よりの「遺産」となっております。病床にあって息子たちに言い遺した言葉は「人生に悔いなし」でした。この言葉を励みに、夫と歩んだ半生を息子や孫たちに自信をもって伝えていきたいと思っております。

夫の膀胱癌が見つかったのは二〇一〇年、年明け間もなくのことでした。二月八日内視鏡で手術をしましたが、その後癌細胞が増殖して病状はかなり進行していたことが分かり、同年十二月十三日再手術となりしました。手術後は放射線照射を受けながら定期的にカテーテル交換など外来での診察を受けていましたが、快方に向かう兆しはなく、翌年二〇一一年八月十一日に三回目の手術となりました。つらい闘病生活でしたが、連日のようにお見舞いくださる方々の励ましや息子たちの献身的な介護のおかげで、なんとか退院までこぎつけることができました。

しかし退院に際して、別室に呼ばれた私は、主治医から余命半年と告げられました。あまりのことに頭は真っ白になり言葉を失いました。それでも何とか治療の方法はないものかと医師にすがる思いで懇願しました。しかし持病の肺気腫や高血圧、糖尿などの数値が全身麻酔での手術に耐えうる範囲ではなく、なす術がないまま通院しながらの自宅療養となりました。後日告知事実を息子たちに知らせたとき、ショックで気持ちを抑えきれず、肩を震わせながら大粒の悔し涙を流していた次男の姿をいまも忘れることができません。次男は最初から全摘手術や尿路変更手術を勧め、夫はＱＯＬ（生活の質）を大切に生きる選択をし、それを望みませんでした。

酸素ボンベ、尿管カテーテルをつけ車椅子での通院は大変神経を使います。息子たちは精いっぱいの孝養を尽くしサポートしてくれました。ありがとう……と言っていた夫の声や表情がいまも目に浮かびます。そんな折には私にまで「君の子育ては間違っていなかったね」などの褒め言葉も忘れませんでした。

しかし二〇一一年十一月二十九日、退院後も続いていた薄ピンク色の血尿が茶褐色に濁ってきて、再び入院することになり、十二月九日、危険を覚悟で局部麻酔による内視鏡手術となりました。手術が終わるのを今か今かと待っていたところ、執刀医師から腎不全になる危険があるので、緊急に「腎ろう」の手術をしなければならないと言われました。管が一つ増え、トイレに立つのも不自由で三つの管さばきに神経質にならざるを得ませんでした。出血を止めることを目的とした手術でしたが、腎臓にまで管が入り本人はどんなに無念だったことでしょう。そのような状態でひと月が過ぎたころ、無機質な病室での毎日に耐えられなくなった夫の強い要望により無理やり大晦日の三十一日に退院しました。

我が家に戻り、かわいい孫たちや息子たちに囲まれて賑やかに新年を迎え、九日には恒例の李通信会のメンバーとの新年会で盛り上がりました。さすがにお酒は飲めませんでしたが、普段あまり口にしないローストビーフをつまんだりして、みなさんを驚かせたり喜ばせたり涙ぐませたり……。このように日常の生活音の中で、たびたび訪ねてくださる卒業生たちや友人たちとも談笑しながら療養しておりましたが、二〇一二年二月二十五日に病状は急変し、慈恵医大第三病院に救急搬送され危篤状態がつづきました。医師よりここ二、三日が山場、知らせるべき人には知らせるようにと通達がありました。この時点で主科が泌尿器科から呼吸器内科に代わり、可能な限りの施術を試みたおかげで、奇跡的にも少しずつもち直して、見舞い客にも面会が許され、しばらくの間小康状態が続きました。

しかし追いうちをかけるように、左肺の下に胸水がたまり検査の結果、肺に進行性の新しい癌が発見され、膀胱癌より肺癌の方が深刻だと告げられました。手術もできない満身創痍の状態……、何本もの管に繋がれての入院生活に耐えられない夫は、自宅での療養に切り替えたいと病院側に申し出、帰宅を目標に治療に専念しました。その努力あってか、奇跡的にも熱が下がり、ひと月余りの入院生活を終え、三月二十七日にお世話になった医師や看護師さんたちに見送られ、リクライニング付き介護タクシーにて自宅に無事帰ってくることができました。

退院後は、リビングの南側の窓辺に夫のベッドを設置し、往診、訪問看護による二十四時間サポート体制のもと、緊迫した中で介護に当たりました。ネブライザー、家庭用酸素濃縮器、空気清浄機などで部屋の環境は病室に負けないほど整っているにも関わらず、残念ながら病状は刻々と深刻さを増していくばかりで、緊張と試練の日々でした。

私たちの願いもむなしく四月十五日十五時二十八分、必死に呼びかける息子や私の手を握ったまま旅出っていきました。それはまるで大きな波が押し寄せてはかえしまた押し寄せてはかえしを繰り返しながら、やがてさざ波となって静かに消えていくような最期でした。そして私たちは命に限りがあることを実感したのです。

思い起こせば、私たちが共に過ごした五十四年間は、在日社会の分断時代を経て、次世代に思いを馳せながら社会に目を向け、同志として歩んできた道程でした。その道程が良くも悪くも私たちの生き方の何よりの証左となっているかと思います。とくに在日社会の分断の中で苦しみもがいていた夫の姿は忘れることができません。それを記録しておきたく、拙著『パンソリに想い秘めるとき』の中から「節操とは」の一部を再録して五十四年間共に過ごした夫への惜別の言葉にしたいと思います。

最後になりましたが、呼びかけ人を引き受けてくださいました上田正昭先生、大塚初重先生、姜在彦先生、前田耕作先生、高柳俊男先生、阿部英雄先生、そして原稿のとりまとめやデータ化など実務を担当くださいました和光大学の服部敬史先生、李通信会の代表遠藤和弘さん、坂本綾子さん、また校正を担当くださいました李光江さんにお礼を申し上げます。ありがとうございました。

お忙しい中、韓国から李元洪先生をはじめ、玉稿をお寄せくださいました諸先生に心から感謝申し上げますと共に、闘病生活の間、お見舞いや励ましをいただき、病気と闘う勇気と希望を与えてくださいました多くのみなさまに、誌上を借りましてお礼を申し上げます。

ここに刻まれた文は夫の半生の記録ではありますが、在日一世が経てきた共通の歴史と重なる部分が多く見受けられます。このように貴重であり、しかも心のこもった追悼集を墓前に供えることができますこと、衷心よりお礼を申し上げます。

四月十四日ふるさとの李家の墓地で埋葬式、午後には記念碑の除幕式が執り行われます。昨年夏夫の蔵書は、釜山大学に寄贈され、十一月「李進熙文庫」が開設されました。一周忌には、釜山大学で追悼展が開かれる予定になっておりますことをご報告いたします。

（『追想李進熙』二〇一三年）

節操とは

私が夫の故郷をはじめて訪ねたのは、一九七九年の早春、春霞に包まれた野山に、春の訪れを告げる山つつじがうっすらと色を染めはじめていた頃だった。

当時の在日の社会状況は、長期にわたる祖国の分断がそのまま在日社会を投影していた。不毛なイデオロギー論争に明け暮れ、ことあるごとに誹謗中傷合戦を繰りひろげていたが、南北どちら側の団体に拠って生きようと、一世たちの祖国への憧憬は異常なまでに強かった。しかし拠って生きてきた団体との訣別は、「節操」を守るという大義名分のため、反動という汚名をも覚悟しなければならなかった。ゆえに「節操」を守るということは、本人ばかりでなく、家族を守るためにも不可欠な時代だったのかもしれない。

当時夫は、長年勤めていた朝鮮大学を辞め、八年が経っていた。大学を辞めるまでの十年間、夫は私の父とは思想的に違う立場にいて、私は父との断絶を余儀なくされ、苦しい立場に置かれていた。思想を異にするということは親子関係をも断ち切らねばならないほど厳しいものだった。父が北への帰国事業に反対して、『楽園の夢破れて』を出版したことが、夫を窮地に追いこんでいったのである。そして夫は九年後の一九七一年、ついに大学を去った。

やがて北に帰国した人たちの惨状がマスコミで伝えられるにしたがって、父の名誉は徐々に回復されていった。その後、私は父に詫びを入れ、親子関係は修復された。韓国にいる夫の弟妹たちからは一度帰ってくるようにと頻繁に手紙がきていた。私の父も故郷の兄弟に会ってきなさいと、ことあるごとに勧めるのだが、夫は首を縦に振ろうとはしなかった。北側の組織を離れていても、韓国を訪ねることは「節操」をまげる裏切り行為だと思っていたのである。一九七〇年の前半、夫は親しくしていた作家の金達寿氏や京都の高麗美術館館長の鄭紹文氏らと何度か対馬へ旅をしていた。金大中事件で南北対話が決裂して、故郷がますます遠くなり、対馬の北端からでも母国の山並みを一目見ようという想いからだったのだろう。夫の望郷の念は日増しに募っていたのだが、いざとなると腰が上がらず、何かにとりつかれたように酒量ばかりが増えていった。そんな頃、たびたび父から誘いがかかっていた韓国への旅に、私は意を決して同行することにした。夫にかわって、義弟妹たちに会い、墓参すべきだと思ったからである。

子供たちが小学生だった三十年も前のころ、わが家でも旧正月や秋夕（旧盆）には、チヂミやチャプチェ、薬飯など民族色の濃い馳走がお膳を飾った。その膳には夫の母親がことあるごとに作ってくれたという黄な粉餅やソンピョン（松餅）、秋の味覚の柿や栗や棗なども必ず添えた。夫の指示に従って簡単な儀式と再拝をすませると、夫は必ずといっていいほど李一族のことや故郷での想い出、若くして亡くなった母親の苦労話をするのが習わしとなっていた。

ペンをとって描いてみせる故郷の家は集落の一番高いところにあり、ぐるりを竹林がとり囲み、柿や栗の木、それにたわわに実ったカリンの木のある大きな農家のたたずまいだった。集落の前には小川が流れていて、小魚捕りで日が暮れるのも忘れて遊びまわり、母親に心配をかけた話や日本留学のとき、母親と別れた家の前の門を示し、白いチマ・チョゴリ姿の母親が点のように小さくみえるまで、その門の前に立って見送ってくれたことなど、毎年同じ話をくりかえして、わが家の儀式は終わるのだった。

そのせいか、初めて訪ねる夫の故郷なのに、遠い記憶の中でどこかで出会ったような懐かしさを覚える。彼が繰り返し描いた故郷の風景が、私の脳裏に刻みこまれていたのかもしれない。松と雑木が入り交じる山の緩やかな南斜面に家屋が建ちならび、その間を小川が流れていて、美音里という地名のように美しい山里であった。

結婚して二十年になる私の初めての墓参は、日本からやってきた長男の嫁だということもあって、墓参の前日、義弟の家には一族の老若男女が大勢集まっていた。夫がなぜ一緒に来られないのか！　と涙ながらに訴える義妹たちの叱責にも似た昂ぶった声をただじっと耐えながら聞く私の頬からも、涙は止めどもなく溢れるばかりだった。その場の雰囲気にいたたまれなくなった事情を知る長老の叔父のたしなめもあって、ようやく落ち着きを取り戻すこととなった。夫が日本に留学して、血を売りながらも勉学をつづけたこと、そして結婚後は北系の大学で教鞭をとっていたが、七年前にそこを辞めたこと、故郷や妹たちのことを決して忘れていないこと、近いうちに必ず帰ってくるはずだということを静かに話した。私の話を聞きながらも、義弟妹たちの嗚咽は止まる術を知らぬかのようだった。

墓地は美音里の麓から歩いて二十分ばかりのところにあり、数基のマウンドが暖かい陽射しを浴びていた。長男の嫁としての自覚もないまま、在日二世として日本の習俗しか知らない私は、これからどんなことがはじまろうとしているのか想像だにつかず、緊張と不安に包まれていた。

（中略）

いよいよ義父の墓前での儀式がはじまった。義母は朝鮮動乱の最中に四十一歳で亡くなり、遠い山の中腹にある李家の墓地に埋葬されたままになっていた。義父は夫が大学を辞めた翌年に亡くなったのだが、日本に留学したまま故郷に帰ってこない息子をどれほど待ちわびたことだろう、と義父母の無念さが痛いほど胸に迫ってくるのだった。この旅が夫と一緒であったらどんなに救われたことだろう、と私は後ろめたさと、嫁としての面目無さに打ちひしがれていた。

「もうしばらく待っていて下さいね。夫が墓参りできる日は必ず来るでしょう」と墓前で語りかけているとき、突然、義妹たちの哭がはじまった。それはパンソリにも似た哀しい響きとなって、辺りの山々にこだましていた。

「アボジ！（お父さん）、やっとオンニ（義姉）が来ましたよ。どれほど待ち焦がれたことでしょう。きっとオッパー（兄さん）も帰ってくるでしょう、もう暫くの辛抱です」

夫の家族を引き裂いたのは、朝鮮動乱による分断である。そしてそれは、在日同胞社会にも分断を強いる結果となった。「節操」を汚さないために親の死に目にも会えなかった息子たちが、日本に大勢いることを私は知っている。彼らが固持した「節操」とは、イデオロギーとは一体何だったのだろう……。償われることのない歴史の汚点に腹立たしさを覚えながら、「節操」という言葉が空しく感じられてくるのだった。宗家の長男である夫は、親の死に目にも遭えないという、儒教の国ではもっとも恥ずべき親不孝をしてしまったのである。

初めての墓参は、夫の故郷での習俗に倣って、私のまとった白いチマ・チョゴリの祭礼服を燃やして終った。瞬く間に煙は高く昇り、茜色に染まった夕暮れの空のまにまに消えていった。その行方を追いながら、私は複雑な想いにかられたのだった。亡き義父母へ結婚を報告するための儀式を終えたことで、私は名実ともに李家の人となりえたのに、いまだ両親の墓参もできない夫は、この家の人といえるのだろうか……。「節操」を守ることがなぜ親不孝と同義語になるのだろう……。

嫁としての儀式をとどこおりなく終え、弟嫁たちが供物の後片付けや敷物のゴザを巻いて帰り支度をはじめた頃には、夕陽が西の山の端に沈みかけていた。私は義母の墓がある遠い西の山に向かって深々と大礼をして墓所を後にした。

くねくねと曲がった細い山道をしばらく歩いて降りると、麓の有線放送からだろうか「トラワヨ　プサンハンエ」と聴き覚えのある「釜山港へ帰れ」の曲が流れてきた。

「帰ってきて、懐かしい兄弟」というリフレインが、哀切なメロディーと共に胸に迫ってきた。まるで「お兄さん早く帰ってきて！」と義妹たちが訴えているように私には聞こえて、引き裂かれた肉親の積年の恨を私が肩代わりしているような思いにかられたのだった。

いまでもこの曲を聴くと、あの日の情景がひとコマひとコマ鮮明に蘇ってくる。不幸な歴史の狭間で引き裂かれ、会いたくても会えない親兄弟がいたことを思い起こす、二十七年前の忘れ難き光景である。

あれから数年後に夫は金達寿先生、姜在彦先生たちと玄海灘を越えるのだが、民族を裏切る行為だと激しい集中砲火を浴びることとなった。それは凄まじいばかりだった。あれから二十数年、いつの間にか朝鮮籍のまま南の故郷を訪れることが「罪」だとする雰囲気は消えている。いまは亡き金達寿先生の書かれた『対馬まで』を改めて読み直してみて、当時のことが万感胸に迫ってくる。


（初出『パンソリに想い秘めるとき』学生社、二〇〇五年）

夫最後の「李通信会」の新年会（我が家で）

『楽園の夢破れて』北朝鮮帰国事業を最初に告発した関貴星

三浦小太郎

（K＆Kプレス発行『月刊日本』二〇一七年三月号より転載）

今回は葦津珍彦論を休載させていただき、一九六二年に初版が全貌社から発行され、ちょうど二〇年前の一九九七年三月に、亜紀書房から再発売された、関貴星著『楽園の夢破れて』を紹介したい。

この本は今こそ読まれるべき先駆者の業績であり、歴史の証言記録である。なお、同書はその後、関の次作『真っ二つの祖国』（全貌社）と共に編集され『北朝鮮１９６０』（河出書房新社）として再発行されたが、今回は文中の引用は、ほぼ『楽園の夢破れて』からのものである。

北朝鮮帰国事業は一九五九年一二月に開始され、九万三千人を超える在日朝鮮人と、数千人の日本国籍所有者（在日朝鮮人と結婚した日本人、そしてその子供たちを含む）が北朝鮮に渡っていった。自由民主主義の国から共産主義体制の国にこれだけの人々が、少なくとも形式的には自発的に移動したのは、人類史上、これが最初で最後であると断言しうる。

「北朝鮮は地上の楽園」という朝鮮総連の宣伝、そして無批判にそれに追従した朝日から産経までを含む日本のマスコミ報道が、どれほどの在日朝鮮人に幻想を与え帰国に導いたかの実例をひとつ紹介する。一九六〇年、新読書社から発行された『北朝鮮訪朝記者団の記録』より、産経新聞記者坂本郁夫の記事である。

産経新聞記者の北朝鮮礼賛記事

「一九五八年一年間で、平壌だけで二万三千世帯分の住宅が建った。このスピードでいつでも帰還者用の住宅が出来る。何人でも、直ぐにうけ入れられる態勢がつくられていたのである。金日成首相も、この帰還者受入れには、大変な気の使いようで、帰還者には、当座の生活安定のために、一人あたり二百円（日本円三万円相当）の補助金を出すことを指示した。二百円といえば、北朝鮮では、労働者の給料の四ヶ月分くらいに当たる大金。迎接委員会では、現金を与えるよりも、必要な日用品を取り揃えてやった方が、兎に角便利であるという見解をとり、現金は一人当たり二十円（日本円三千円）を補助金として出し、残りの金で、家具、日用品を買うことにした。」

「この国は、社会主義国である。自由主義国の日本等とは、恐らく、総じて違う。第一、失業がない。国民の一人、一人が、もし、その人が働ける環境にあれば、必ず〝職〟がある。だから、帰還者も、例外無く、その能力、技術、知識を百パーセント発揮出来、生活が、急速に安定出来るように、配置される。住宅があって、日用品も揃い、職場もきまる。あとは、こどもの教育。教育については、これも、政府の方針で、日本で大学の学生だった者は、無試験で、該当学年の大学に編入される。（中略）」

「帰還者が、新潟で船に乗れば、あとは、ベルトコンベア式に、スムースに、ことがはこび、新潟出発後一〇～一五日くらいで、北朝鮮に安住の地が出来る仕組みだ。」（『北朝鮮　訪朝記者団の記録』）

この文章が、朝鮮総連の機関紙ではなく、日本のジャーナリストによって書かれていたのである。当時はごく一部の例外を除き、このような報道が北朝鮮帰国事業を先導していたのだ。そして、この『訪朝団の記録』が出版された一九六〇年八月一三日、関貴星を含む二四名の「八・一五朝鮮解放一五周年慶祝訪朝日朝協会使節団」が、北京経由にて平壌の地に降り立った。安倍キミ子団長をはじめ参加者は全員日本国籍者であり、中にはあの寺尾五郎も含まれている。

一九一六年朝鮮半島の全羅南道で生まれた関貴星は、戦前日本に渡航、一九五一年の段階で養子縁組により日本国籍を取得していた。関は日朝協会岡山県支部、朝鮮総連、日中、日ソ友好協会などで積極的に活動、総連では財政委員を務めた。彼がメンバーとして入ったのはこの活動歴が評価されてのことであった。

関にとって、この国に来た目的は、何よりも当時信じ関自身推進していた帰国事業の現実、帰国者はどんな生活をしているか、政治体制の違う社会主義国で戸惑っている人がいるのかいないのか、今後の帰国者にどのようなアドバイスができるかなどを、帰国者自身に会い確認することだった。同時に、知人や先輩ですでに帰国した人々と「再び手を取り合い、ともに喜び、ともに励ましあって、一時、一夜を語り明かしたい」と考えていた。

当時、朝鮮総連の宣伝を信じていた関は、これらの願いは簡単にかなえられると信じていた。しかし、関貴星は、先の新聞記者とは全く違う現実を北朝鮮の地で見せつけられることになる。

帰国者と出会うこともできず、会えても監視付きの現実

まず、訪問団は事実上平壌ホテルに足止めされ、自由に外出することも許されなかった。実は関は、一九五七年、二か月ほど平和団体の一行とともに中国に滞在し、その時、強行スケジュールではあったが北朝鮮も一週間ほど訪れている。生々しい朝鮮戦争の傷跡が残っていたとはいえ、関は祖国と思う北朝鮮を訪問した感動をそのまま日本で伝えた。なぜ今回はこのようにホテルに閉じ込められたのか…それは、五七年段階では存在しなかった「帰国者」に、訪朝団を会わせることを阻止するために

他ならなかった。

事実、ホテルから外出が許されないだけではない、帰国者たちがホテルに訪ねてきても、工作員は彼らを追い返していた。関の友人がホテルの門前で工作員に入室を拒まれ「焼き付くような視線でホテルの窓を見上げ、やがてうつむいて去っていく」姿を関はただ眺めているしかなかった。

そして、やっと二人の帰国者に会うことができたが、許された時間はわずか二〇分、しかも、関がどんなに話しかけても二人は口ごもってしまう。「私はすぐ、いやでも事情を悟らざるをえなかった。私たちの側にしんと立っている工作員を憚って、二人とも話さないのだ。」その時の二人の視線を、関は生涯忘れることはできないと記している。

どうしても帰国者たちに会いたいという一行の要望は、このように不完全な形でしか叶えられなかった。元山市では帰国者との懇談会が、これまた工作員同席で企画されたが、ここでも、一行が、何かほしいものはないか、問題はないかと聞いても「万事うまくいっている、すべて満足だ」という答えしか返ってこない。

そして、ある帰国者と日本人妻の夫婦がこの会には招かれていたが、その日本人妻は一行の前で泣き崩れ、一言もしゃべれずにいた。夫は必死に、日本から来た皆さんに会えて感動しているんです、と言い訳をしたが、関はこの光景を次のように記している。

「その日本婦人の胸に奔流となって突き上げたものが懐旧の感激か、望郷の慟哭か、私は今ここでそれについて言及するに忍びない。ただその時私の胸中を去来したものは『日本に帰りたい』という一言すら漏らす自由を持たぬ日本婦人の胸中を察して暗然と首を垂れてしまった、という一言だけを付け加えるにとどめる。」

また、ある日本人妻は、帰国してすぐに夫が「党の命令で」「学習」に連れていかれ、そのまま戻ってこない状態だった。それも、すでに半年ほどになる。このことを現場で関が聞き出すのにどれほど努力したか、また、その日本人妻もどれほどの勇気を振り絞ったかを、私たちは考えてみるべきだろう。

たとえ招待旅行で、北朝鮮がいかに現実を隠そうとしても、観る意志のある人には現実は見えてくる。関は、北朝鮮で厳しい労働に耐えている、靴もろくに履いていない女性労働者の姿、必死で丸太の皮をはぎ、木の枝や流木を集めて燃料にしようとしている民衆、農業技術の遅れ、農薬や肥料の不足などを見抜いている。日本で朝鮮総連は、北朝鮮では労働者が有給休暇を与えられ金剛山で休養をとれる、と伝えていた。

しかし現実に一行が、観光の一環として訪問した金剛山のホテルには、帰国者どころか、北朝鮮の労働者の姿などはほとんど見えなかった。「金剛山休養所は外国の賓客接待用と党、政府の上層部だけの専用であって、働く人民のものではなかった。」そこで贅沢な酒食の歓待を一行は受けたが、その夜関は偶然、食堂の片隅で、あまりにも粗末な食事を食べている北朝鮮同胞の姿を観てしまった。

「これでは同胞の骨肉をかじると同じことではないか！」

食料だけではなく、衣服を含め生活必需品がすべて不足していることは、この時点の帰国者が、日本の親族にあてて送る手紙に明確に表されていた。もちろん検閲は厳しい。しかし、それをくぐりぬけて帰国者たちはメッセージを伝えた。

「君の親戚筋で〇〇という者がいたね。あのものはぜひ日本で結婚を済ませてから帰国させるのがいい。」

○○とは、まだ三歳の子供のことだった。明らかに、今は帰るなという意味である。朝鮮総連は（そして最初に引用した産経新聞記者の文章も）何一つ日本から持っていく必要はない、北朝鮮はすべてがそろっているから身一つで来ればいい、という宣伝をしていたが、帰国者の手紙には、日本から持ってこれるものは、釘一本でも皆持ってくるようにとしばしば書かれていた。

実は帰国運動は、一九六二年から六三年の時期以後はいきなり帰国者の数が減っていく。これこそ、このような帰国者たちの手紙の影響力に他ならない。

そして、関が優れていたのは、この物資の不足や、国民への厳重な監視体制は、北朝鮮現体制の本質であり、さらには共産主義そのものの必然であることを、当時としては見事なほど分析していることである。

「国が貧しく、戦争の傷跡が大きすぎ、あらゆる物資不足、生産設備不足と数え上げたらきりがないほど八方塞がりなのだ。しかも党の建国の精神、社会主義から共産主義に移行する段階への激しい中央集権的全体主義政治路線は、人民の生活、消費を犠牲にしてまず重工業重点、基幹産業重点に、一切を国営として、共産主義の一枚岩で国内を慴伏させ、団結と献身を要求して近代化へばく進しようとしているからだ。当然、人民は土をなめ、血を吐くような五年、一〇年を耐えねばならない。」

残念なことに、五年、一〇年ではなく、しかもこの時からますます悪化する飢餓と抑圧の中、人民は今も耐え続けなくてはならなくなった。そのことも、関はまた同書の結論部でさらに透徹した視点で述べている。

「完全にスパイ制度、密告制度が敷かれ人民警察の恐怖社会が完成してしまった今となっては、権力と武力無き人民が何を知り、何を自覚しようと、もはや共産主義の一枚岩をはねのけるのは不可能なのだ。」

この一枚岩の抑圧社会に「耐えられない」ものには、粛清や政治犯収容所が待ち受けていた。

関はその実態を観たわけではもちろんないが、北朝鮮の労働党幹部が次々と姿を消していたこと、また、自分たちが訪ねたかった知識人や、そもそも帰国事業の推進者、担当者のはずの朝鮮赤十字の幹部すらも「行方不明」になっていることを知らされた。そこからは、想像力のあるものならば何が起きたかは明らかである。

一九六〇年代当時は北朝鮮について情報が不足していたとか、七〇年ごろまでは北朝鮮のほうが、ソ連の援助のためとは言え韓国より豊かだった時期もある、などという発言は今現在もある。

しかし、「軍事独裁」といわれた李承晩時代も朴正熙時代も、少なくとも韓国民衆は北朝鮮に比べ、はるかに、デモや政府批判を行う「自由」が存在したことは忘れてはならないし、何よりも、一九五三年のスターリンの死後、フルシチョフのスターリン批判を通じて、共産主義独裁の問題点は多少なりとも明らかになっていたはずである。

関貴星も、これらの事実を通じた視線で北朝鮮の正体を見抜き、またその事実に即した思考で、この体制の問題点を指摘したのだ。

関はこの時点で、帰国事業を全面的に否定していたわけではない。ただ、この事業に責任を持つ立場として、以上のような現実を帰国者に伝え、帰国の意思があるものはそれなりの準備や覚悟が必要なことを伝えようとした。

しかし、朝鮮総連はもちろん関の発言に耳を貸さなかった。ある総連幹部は「一般帰国者は無知なんだ。それでいいんだ。なまじ本当のことを知らせると、帰国者がいなくなってしまうからな。」とまで言い放った。帰国者には日本から何も持っていく必要はないといい、残した財産を総連が没収してしまう構図すらあった。

関貴星はついにスパイ呼ばわりされ、朝鮮総連を脱退する。しかし総連の攻撃は、実の娘夫婦にも及んだ。娘の夫、李進熙に、関は直接北朝鮮の現実を語ったが、この時点では息子すら義父の言葉を認めず、娘からも非難の手紙が寄せられた。娘夫婦とも義絶し、四面楚歌となった時、逆に関は勇気をもって、著書『楽園の夢破れて』を執筆し世に問うことを決意する。

『楽園の夢破れて』は、「右翼」の全貌社から出たという偏見もあり、言論界からは黙殺された。しかし、真実を伝える本はいつか評価される。李進熙は後に、総連や朝鮮大学内部で急激に進む全体主義化と暴力を伴う弾圧に抗議し、一九七一年大学を去ったのち、義父関貴星を訪ねて、関の北朝鮮や総連への批判が正しかったことを告げて詫びた。

〈十年も絶縁状態がつづいたが、義父は「そうか」と言っただけで、それ以上は言及しなかった。義父がこだわった北朝鮮への帰国者数が激減したばかりか、六八年から七〇年までの三年間は帰国船が止まるほどだった。また私が大学を辞めたことで長い間のわだかまりが氷解したようだが、十年前とは別人のように老けていた。在日朝鮮人社会で「村八分」にされたために受けた精神的苦痛が大きかったのだろう。その後は年に一度ぐらい顔を合わすようになったが、互いの気持ちが分かりあえるだけに不思議と政治の話には触れようとしなかった。〉(『海峡』李進熙著　青丘文化社)

一九八六年、関は世を去った。昨年は彼の没後三〇周年だったが、私を含め、この偉大な先駆者への追悼の言葉を読むことはほとんどなかった。私自身、その忘恩と不明を恥じ、この拙文を関貴星の霊に捧げたい。

あとがきにかえて

古希を記念して上梓した前著『パンソリに想い秘めるとき』から十年の歳月が過ぎ去った。今秋傘寿を迎える私に再び半生を振り返る機会が与えられ、記憶の残照のなかで遠景に遠ざかるあの日あの時を手繰り寄せてみた。

懐かしさを伴って脳裏をよぎるのは、帰らぬ人となってしまった両親や夫、早世したいとしい娘との思い出が多くを占める。特に在日の分断の中で、孤高な闘いの中、志半ばにしてこの世を去った父との十年にもおよぶ断絶は、私の人生で悔いても悔いても拭えない痕となって、いまもチクチクと疼いてならない。

節分が過ぎた頃だったろうか、山梨に住む弟の連れ合いから分厚い封書が届いた。開けてみると『月刊日本』三月号の抜き刷りコピー「『楽園の夢破れて』北朝鮮帰国事業を最初に告発した関貴星」と手紙が同封されていた。私は「関貴星」に吸い寄せられるように夢中で読みはじめた。「関貴星」は私の父である。

父の著書『楽園の夢破れて』に触れた文は枚挙にいとまがないが、これほど父の著書出版への苦悩や、決断までの心境を熟読し、心を尽くした文がいまだかつてあったかと感動と感謝の気持ちを抑えることができなかった。読み終わってすぐさま、弟の連れ合いに電話を入れた。長いやりとりの中で、私は驚くような事実を知った。

「義姉さんには言えなかったのだけど、あの頃、お義父さんの金庫の中に青酸カリとピストルがはいっていたのよ」

『地上の楽園』が出版された後、父はあらゆる誹謗中傷に耐えながらも、真実を覆い隠している帰国事業は間違っていると徒手空拳で孤独な闘いを続けていた。

「もしこの事実に目を覆い従来通りの北朝鮮礼賛、帰国促進を続けていけば、恐るべき人道上の誤りを冒す恐れがある」

と、父は訴え続けた。いまから半世紀以上も前のことである。

何度も父の講演会が妨害され騒然たる雰囲気となり中止せざるを得なかったことなど身の危険と隣り合わせの闘いだったと後に聞き知った。もしも拉致された時には青酸カリを、ピストルは護身用にと考えてのことだったかと思われる。

その頃の私は愚かにも社会主義の勝利は歴史発展の法則だと信じきっていて「首領さま（金日成）にのみ忠実な思想」の中毒症状に犯されていた。マインドコントロールされていると複眼的な見方や考え方は出来なく、盲目的で猪突猛進型に陥るものだ。

父は親戚も知人もいない東京で孤独な学生生活を送っていた私を慮って、頻繁に電話や手紙をくれた。特に思い出されるのはザクロのこと。父が丹精込めて育てた一本のザクロが私の誕生日頃には熟し宝石の様な粒が食べ頃となる。それをつぶさないように綿でくるんで送ってくれた。いまでもザクロを見ると、父のことが思い出され瞼が熱くなってくる。

父への侘び状のつもりで一稿を設けようとしていた矢先、三浦小太郎氏の文に出会えた。この出会いは偶然のようだが運命的な必然に思えてならない。一面識もない三浦氏に転載のお願いを申し出たところ「ご自由にお使いくださ い、むしろ光栄です」と快くご承諾していただいた。誌面を借りて三浦氏に心より謝意を表したい。父への何よりの供養となるだろう。

本書は『季論21』（二九号、二〇一五年夏号）「在日の分断の中で」を軸にして、東洋経済日報の随筆欄（二〇一一～二〇一七年六月）、在日女性文芸誌『地に舟をこげ』（二〇〇六年～二〇一二年終刊）、文芸同人誌『鳳仙花』（二〇〇七～二〇一三年）に寄稿したものに、『朝日新聞』『東京新聞』『民団新聞』『週刊金曜日』に掲載された原稿の一部を加え、収録にあたって部分的に加筆、補筆し一冊にまとめたものである。

序章「記憶の残照のなかで」の前半部分は、一九六〇年代から八〇年代にかけて在日の分断時代を生きた家族史を中心に書いたものである。二度と同じ過ちを冒してはならない負の在日史でもある。

後半部分は、朝鮮総連と訣別後、地域住民としての意識が芽生え、その中から見えてくる「在日」としての課題や命題が「異文化を愉しむ会」の設立となり、また女性たちの言葉の輪をめざした文芸同人誌『鳳仙花』、埋もれている在日女性たちの文学的才能を発掘し、共に文学の力を養おうと創刊した『地に舟をこげ』などに関わってきた私の記録となっている。

誰の人生にもいくつもの岐路があるというが、岐路に立ったときの選択が後の人生を決めることにもなる。わたしの人生にもいくつもの分岐点があったことを拙著を収録しながら振り返ることとなった。

この本の出版にあたり、同人誌『鳳仙花』の趙栄順さん・堀千穂子さん、在日女性文学誌『地に舟をこげ』の故高英梨先生、故深沢夏衣さんをはじめ編集委員のみなさん、「異文化を愉しむ会」の陸久美子さん他出会ったすばらしい仲間たちに感謝したい。

そして夫亡き後釜山に眠る夫の墓参を毎年続けてくださっている「李通信会」幹事遠藤和弘さんをはじめ、会のみなさんに衷心よりお礼を申し上げたい。本書は、『東洋経済日報』に掲載された随筆が多くを占める。長い間励まし、あたたかく見守ってくださった東洋経済日報社に謝意を表したい。

最後に、意余って言葉足らずの拙文を出版してくださり、適切なアドバイスや励ましをいただいた社会評論社の松田健二社長、並びに多くの示唆や煩雑な編集の労を快く引き受け、私と伴走してくださった編集部の板垣誠一郎氏に感謝の意を表したい。

装画は同人誌『鳳仙花』にカット画をくださった故川添修司和光大学教授の作品から選ばせていただいた。あの世からきっと喜んでくださっていることと思う。

出版を陰ながら応援してくれた二人の息子に感謝し、本書を父と夫の墓前に捧げる。

二〇一七年　初秋　調布にて

呉文子

初出一覧

序章　記憶の残照のなかで　『季論21』二九号、二〇一五年掲載「在日社会の分断の中で」を改題の上加筆）

第1章　家族のあの日、あの時

釜山港へ帰れ　『東洋経済日報』二〇一三年二月十五日付

時祭に想う　『東洋経済日報』二〇一二年十一月九日付

アボジの力、オモニの力？　『東洋経済日報』二〇一三年四月二十六日付

息子の号泣　『東洋経済日報』二〇一七年五月十二日付

扶余白馬江にて　『東洋経済日報』二〇一四年二月十四日付

夏がくれば思い出す、あのころのこと　『東洋経済日報』二〇一四年八月二十九日付

最後の花火　『東洋経済日報』二〇一六年九月二日付

ふるさとに還った母　『鳳仙花』二四号、二〇一〇年

第2章　在日女性たちの想い、希い

アリランで祝った『鳳仙花』の十年　『東京新聞』二〇〇一年十二月六日付

『鳳仙花』終刊によせて　『東洋経済日報』二〇一三年十一月二十二日付

地域住民として　『民団新聞』二〇一六年十二月二十一日付

私の一票が地域社会に貢献できたら　『週刊金曜日』二〇一〇年

内縁の妻？　『東洋経済日報』二〇一三年六月二十一日付

「輝きフェスタ」に参加して─韓国の輝く女性たち　『地に舟をこげ』四号、二〇〇九年
見えない壁─ガラスの天井　『地に舟をこげ』三号、二〇〇八年
民生委員への道開け　『朝日新聞』二〇〇五年一月二十九日付
『季刊三千里』と「アンニョン ハシムニカ・ハングル講座」　『高麗博物館会報』四三号、二〇一五年

第3章　かけはし

ハナミズキと「アリラン慰霊のモニュメント」　『東洋経済日報』二〇一四年五月三十日付
スシとキムチを食べながら相手を嫌う韓日両国　『東洋経済日報』二〇一四年七月十八日付
キムチは韓国語それとも日本語？　『東洋経済日報』二〇一四年十一月二十一日付
「故郷の家・東京」の着工記念式に参加して　『東洋経済日報』二〇一五年四月三日付
人質にされた息子　『東洋経済日報』二〇一五年十二月四日付
第十三回「清里銀河塾」に参加して　『東洋経済日報』二〇一六年七月一日付
水崎林太郎と曽田嘉伊智　『東洋経済日報』二〇一六年八月五日付
仁川を旅して　『東洋経済日報』二〇一六年十二月二日付
金・ベニサさんからのメール　『東洋経済日報』二〇一五年八月七日付
「李通信会」のこと　『東洋経済日報』二〇一七年六月九日付
幼き日々を思い出しながら　『東洋経済日報』二〇一六年十一月四日付

第4章　魂をゆさぶる声、舞い

パンソリに魅せられて　『東洋経済日報』二〇一二年三月三十日付
「魂をゆさぶる〝声〟─琵琶・新内・パンソリ」の公演を終えて　『東洋経済日報』二〇〇二年二月四日付

「銀巴里」とクミコさんの「ＩＮＯＲＩ」　『東洋経済日報』二〇一三年九月十三日付
ライブ・カフェ「ＳＳＯＮＧＥＲ」にて　『東洋経済日報』二〇一五年十一月六日付
オペラ歌手・田月仙デビュー三十周年　『東洋経済日報』二〇一三年十月十一日付
「蘭坡音楽賞」雑感　『東洋経済日報』二〇一七年三月三日付
サムルノリと散調舞―「韓日伝統ソリの饗宴」　『鳳仙花』二三号、二〇〇八年

第5章　出会い、ふれあい、響き合い

face to face の交流こそ　『東洋経済日報』二〇一五年一月十六日付
日本民藝館を訪ねて　『東洋経済日報』二〇一六年四月二十九日付
『鄭詔文の白い壺』上映会を終えて　『東洋経済日報』二〇一六年六月三日付
歴史映像シンポジウムに参加して―映画『族譜』に込められたメッセージ　『地に舟をこげ』六号、二〇一一年
児童文学者・山花郁子さんを囲んで　『東洋経済日報』二〇一三年七月二十六日付
坡州ブックシティ「知恵の森」で金彦鎬理事長と　『東洋経済日報』二〇一五年五月一日付
大竹聖美さんと韓国の絵本　『地に舟をこげ』七号、二〇一二年

第6章　観て、聴いて、感じて

映画『道〜白磁の人』　『鳳仙花』二十六号、二〇一二年
『海峡を渡るバイオリン』―李南伊さんをお迎えして　『東洋経済日報』二〇一五年七月三日付
映画『花、香る歌』―女性初のパンソリ名唱となった陳彩仙　『東洋経済日報』二〇一六年三月四日付
映画『ヨコハマメリー』―時代に使い捨てにされたメリーさん　『地に舟をこげ』創刊号、二〇〇六年
映画『母たちの村』―女子割礼廃止に立ち上がった母たちの物語　『地に舟をこげ』二号、二〇〇七年

映画『クロッシング』―生きるために別れるしかなかった家族の悲劇　『地に舟をこげ』五号、二〇一〇年
映画『ザ・テノール 真実の物語』―国境を越えた強い絆　『東洋経済日報』二〇一四年十月二十四日付
ミュージカル『パルレ』―人間の心の垢を洗い流して明日に向かう　『東洋経済日報』二〇一五年二月六日付
『鳳仙花―近く遥かなる歌声』―歌は歴史の証人　『東洋経済日報』二〇一五年六月五日付
ミュージカル『明成皇后』―日本軍に殺害された国母の物語　『東洋経済日報』二〇一五年十月九日付
ミュージカル『李香蘭』―歌は時代を映す鏡　『東洋経済日報』二〇一六年二月五日付
ミュージカル『対馬物語』―二国間で苦悩する対馬藩主宗義智　『東洋経済日報』二〇一七年一月十三日付

第7章　惜別の言葉

在日女性文学への温かいまなざし　安宇植先生を偲んで　『鳳仙花』二五号、二〇一一年
思い出のなかの中島力先生　『東洋経済日報』二〇一七年二月十日付に加筆
相馬雪香先生の思い出　『鳳仙花』二三号、二〇〇九年
教育と人権運動を両立させた女性研究者　鄭早苗先生　『地に舟をこげ』六号、二〇一一年）
高英梨先生の墓碑銘　『東洋経済日報』二〇一五年三月六日付
呉徳洙監督『在日』追悼上映会　『東洋経済日報』二〇一六年四月一日付

第8章　寄り添いて

『追想李進熙』二〇一三年

著者紹介

オ ムン ジャ
呉文子

エッセイスト

1937年岡山市に在日二世として生まれる。
山陽女子高等学校（岡山県）卒業
東洋音楽短期大学（現東京音楽大学）卒業。

文芸同人誌『鳳仙花』創刊より20号まで代表（1991年～2006年）
在日女性文学誌『地に舟をこげ』（社会評論社）創刊号～7号終刊（2006年～2012年）まで編集委員
調布市町づくり市民会議諮問委員（13期・14期）1998年～1999年
調布市女性問題広報紙「あたらしい風」1994年～1996年編集委員
「隣の国の女たち」コラム連載（6号～14号）
『季論21』29号「在日社会の分断の中で」執筆（2015年8月）
『凛として―市民がたどる調布の女性史』（調布市発行）
東洋経済日報「随筆」連載中（2010年より）

現在「異文化を愉しむ会」代表
　　社団法人韓国パンソリ保存研究会日本関東支部理事
　　mindan文化賞エッセイ部門審査委員

著書
『パンソリに想い秘めるとき―ある在日家族のあゆみ』（学生社）
『아버님 죄송합니다』（韓国　周留城出版社）
共編『女たちの在日』（新幹社）

記憶の残照のなかで

ある在日コリア女性の歩み

２０１７年８月10日初版第１刷発行
著　者／呉文子
発行者／松田健二
発行所／株式会社　社会評論社
東京都文京区本郷２-３-10　お茶の水ビル　〒113-0033
電話　０３（３８１４）３８６１　メール　book@shahyo.com
装　丁／中野多恵子
印刷製本／倉敷印刷株式会社

◎好評発売中

金真須美　作品集

ロスの御輿太鼓

四六判・定価1800円＋税

小説・エッセイ・朗読が織りなす、著者の作品世界。第12回大阪女性文芸賞受賞作品「贋ダイヤを弔う」の、著者による朗読CD付。

〝日本人だろうがドイツ人だろうが、アメリカ人だろうが韓国人だろうが、インド人だろうがアフリカ人だろうが、いったいそれがなんだというのだ。わたしは人間だ。そのことを、この作品集は澄明な野太い声で語っている。〟

推薦のことば　宮本輝